Das Leben liebt es kurvenreich

BOOKS on DEMAND

Dies ist mein erstes Buch.
Für mich ist es etwas Besonderes.
Darum widme ich es einem ganz besonderen Menschen –
meiner Tochter Jasmin.

Petra Kesse

Das Leben liebt es kurvenreich

Bibliografische Information der Deutschen Nationalbibliothek:
Die Deutsche Nationalbibliothek verzeichnet diese Publikation in der Deutschen Nationalbibliografie; detaillierte bibliografische Daten sind im Internet über http://dnb.dnb.de abrufbar.

Satz und Layout: Petra Kesse
www.petrakesse-autorin.de
Coverbildquelle: Image by Free-Photos on Pixabay
Covergestaltung: BoD easyCover

Herstellung und Verlag: BoD – Books on Demand, Norderstedt

ISBN: 9783749436385

Inhaltsverzeichnis

Lebensmelodien

Besorgt klopfte Jennifer an die Badezimmertür ihrer Freundin.

»Hat dir die heiße Dusche gutgetan? Geht es dir besser?«

Kristin antwortete nicht. Vergeblich klopfte Jennifer ein weiteres Mal, dann öffnete sie die Tür. Feuchtwarme Luft schlug ihr entgegen und sofort roch sie den intensiven Kokosduft von Kristins Duschgel. Ihre Freundin stand am Waschbecken, ihr feuchtes langes Haar klebte an ihrem Rücken, sie trug nur ihre Jeans und starrte gedankenverloren auf den beschlagenen Spiegel, an dem hin und wieder Wassertropfen hinunterliefen und zickzackförmige Spuren hinterließen. »Du kannst doch gar nichts sehen, Kristin.« Jennifer schüttelte verständnislos den Kopf, trat näher und wischte mit einem Handtuch über den Spiegel.

»Wer sagt, dass ich was sehen will?«, seufzte Kristin, während sie angewidert mit den Fingerspitzen über die wulstige Narbe strich, die sich waagerecht über ihre linke Brustseite zog. »Hältst du das etwa für sehenswert?«

Jennifer schluckte. »Du bist wieder gesund, das ist das Wichtigste«, versuchte sie zu trösten, während sie das feuchte Handtuch über den Heizkörper hing und sich auf den Wannenrand setzte.

Kristin lächelte bitter.

»Die Brust ist amputiert, der Krebs besiegt. Also ist alles wieder gut?«

»Ist es das nicht?« Mit hochgezogenen Brauen sah Jennifer ihre Freundin an.

»Nein, das ist es nicht! Es ist nur eine Frage der Zeit, bis sich Frank von mir trennen wird.« Verbittert blickte Kristin auf ihren

1

BH, in dem die Brustprothese eingeschoben war. Widerwillig legte sie ihn an. »Frank behauptet zwar, ihn störte das alles nicht, aber er macht sich was vor. Irgendwann wird es ihm klarwerden. Seit der Diagnose waren wir nicht mehr zusammen ... also so richtig, du weißt schon, was ich meine. Was ist, wenn er wieder mit mir schlafen will? Ich kann das nicht mehr. Ich fühle mich wie ein Monster.«

»Ein Monster?« Entsetzt riss Jennifer die Augen auf. »Ist jetzt nicht dein Ernst, oder? Frank ist erleichtert und glücklich, dass du wieder gesund bist, auch wenn dir dazu eine Brust abgenommen werden musste und ...«

»DU hast ja auch nicht sein Gesicht gesehen, als der Arzt erklärte, dass eine brusterhaltende OP nicht möglich sei.«

Jennifer schüttelte den Kopf. »Du siehst Gespenster. Nehmt euch Zeit! Du wirst sehen, dass ...«

»Ich lasse mich scheiden!«

Jennifer sprang vom Wannenrand auf und starrte ihre Freundin entsetzt an.

»Du – wirst – was?«

»Ich bin erst 32 und schon total entstellt. Frank verdient etwas Besseres. Sobald er nächste Woche von seiner Dienstreise zurück ist, sage ich es ihm«, erklärte Kristin entschlossen, wickelte ihr Haar in ein Handtuch, schlüpfte in ihre Bluse und verließ wortlos das Bad.

»Ach, dein Mann weiß noch gar nichts von deinen wirren Gedanken. Das hat Madame alles ganz alleine entschieden«, schimpfte Jennifer und fuchtelte wild mit den Armen herum, während sie ihrer Freundin ins Wohnzimmer folgte. »Du spinnst doch! Die OP ist erst ein paar Wochen her. Lass dir Zeit! Hol dir psychologische

Hilfe, schließ dich einer Selbsthilfegruppe an – völlig egal –, aber gib deine Ehe nicht auf. Oder liebst du Frank nicht mehr?«

Entsetzt sah Kristin ihre Freundin an.

»Was für eine blöde Frage. Natürlich liebe ich ihn, genau deshalb lasse ich ihn gehen.«

»Ach so ist das! Jetzt verstehe ich es natürlich«, erwiderte Jennifer ironisch und rollte mit den Augen.

»Ich bin nun mal nicht mehr die Frau, die er geheiratet hat. Bist du blind? Schau mich doch an!«

Jennifer musterte Kristin kopfschüttelnd und stemmte die Arme in ihre Hüften.

»Weißt du was, du hast zu viel Zeit zum Grübeln. Hängst hier zu viel herum«, stieß sie entschlossen hervor. »Du musst unbedingt wieder arbeiten, das bringt dich auf andere Gedanken. Eine Kamera wirst du wohl schon wieder halten dürfen. Oder etwa nicht?«

»Mag sein, dass ich das darf, aber ich habe zuverlässige Mitarbeiter, die schmeißen den Laden auch ohne mich.«

»Aber DU bist die Chefin! Vielleicht wäre es nicht schlecht, dich in deinem Studio ab und zu mal blicken zu lassen?« Jennifer trat an ihre Freundin heran und legte ihren Arm um Kristins Schulter. »Steig doch langsam wieder ein, zunächst nur zweimal die Woche.«

Kristin zuckte mit den Schultern und nahm das gerahmte Hochzeitsfoto vom Sideboard, was sie und ihren Mann beim Hochzeitstanz zeigte.

»Wir waren damals so glücklich«, sagte sie nachdenklich. »Alles war irgendwie perfekt.«

»Es war nicht *irgendwie* perfekt, es war perfekt, und das ist es doch eigentlich immer noch. Frank hat einen guten Job, du hast dir deinen Traum von einem eigenen Fotostudio erfüllt, ihr habt diese super Eigentumswohnung, beide wünscht ihr euch Kinder. Was will man mehr?« Liebevoll sah Jennifer ihre Freundin an. »Dann kam zwar dieser verdammte Krebs, doch selbst das habt ihr gemeinsam überstanden. Auch wenn jetzt nicht mehr alles hundertprozentig perfekt ist. Egal! Gibt es denn für dich nur schwarz oder weiß? Gibt es gar nichts dazwischen?«

»Oh bitte!« Kristin verdrehte die Augen. »Bitte erspare mir diese abgedroschene Phrase, diesen ›es gibt nicht nur schwarz oder weiß, es gibt auch Grau‹-Blödsinn.«

»Aber genauso ist es«, widersprach Jennifer ernst. »Ich glaube sogar, dass das Leben meistens aus Grautönen besteht. Die wenigsten Dinge sind nur gut oder nur schlecht, es kommt darauf an, wie wir damit umgehen. Und soll ich dir noch etwas sagen, schwarz ist schwarz, weiß ist weiß – ziemlich langweilig würde ich sagen. Interessant wird's, wenn du beginnst, diese Farben zu mischen! Grau kann wunderschön sein, mit all seinen unterschiedlichen Nuancen bietet es dir eine Vielfalt an Möglichkeiten, du musst sie nur erkennen!«

»Spricht da jetzt die Freundin in dir oder die Künstlerin?«

»Eine Mischung aus beidem«, erwiderte Jennifer augenzwinkernd. »Also, beschäftige dich trotz der dunklen Zeit, durch die du gerade gehst, mit schönen Dingen. Mit Dingen, die du liebst! Fange an zu mischen«, forderte Jennifer ihre Freundin auf und boxte einmal leicht auf ihren Oberarm. »Also, gehe wieder in dein Studio«, schlug sie erneut vor und ihr Blick fiel auf das Hochzeitsfoto in Kristins Hand. »Ihr liebt euch, darum triff keine voreilige Entscheidung. Eine Brustamputation ist furchtbar, aber ich denke es gibt Schlimmeres und …« Jennifer unterbrach sich plötzlich selbst, während sie wie gebannt auf das Foto starrte.«

»Was ist?« Irritiert zog Kristin ihre Augenbrauen hoch. »Sind dir deine Lebensweisheiten ausgegangen?«

Jennifer schüttelte den Kopf.

»Ich muss telefonieren«, erklärte sie kurz, holte ihr Handy aus der Tasche, verschwand in den Flur und schloss die Tür hinter sich. Nach einigen Minuten kam sie mit einem breiten Grinsen zurück.

»Wir zwei haben Samstag etwas vor! Du musst hier raus, wieder Spaß haben, und darum werden wir ...«

»Wenn du glaubst ich schlage mir in irgendeiner Disco die Nacht um die Ohren, dann vergiss das ganz schnell wieder«, unterbrach Kristin sie energisch.

»Quatsch! Wer redet von Disco? Vor einem viertel Jahr wurde ich von den Inhabern einer Tanzschule beauftragt, einer Wand in ihrer Lounge das gewisse Etwas zu verleihen. Jana und Dirk Nelsen, beide Tanzlehrer, baten mich darum, zwei Musiker zu malen. Beide sollten einen Smoking tragen, einer der Musiker sollte an einem Flügel sitzen und der andere Trompete spielen.«

»Ein Hauch Louis Armstrong-Flair?«

Jennifer nickte stolz. »Ich habe mich selber übertroffen. Es ist toll geworden! Nächsten Samstag feiert die Schule ihr fünfjähriges Bestehen, man hat mich dazu eingeladen ...«, Jennifer machte eine kurze Pause, »... und du bist jetzt auch dabei«, fügte sie entschlossen hinzu. Jana und Dirk haben für den Abend ein buntes Programm geplant, sie werden sogar selber einige Tänze vorführen, und ganz nebenbei kannst du natürlich mein Kunstwerk bewundern und mich über den grünen Klee loben.«

»Mir ist aber nicht nach Tanzen zumute.«

Jennifer zuckte mit den Schultern.

5

»Wer hat gesagt, dass du tanzen musst? Aber die Musik wird dir guttun, du wirst neue Leute treffen und mal etwas Anderes sehen. Wie würdest du als Fotografin sagen: ›Mal die Perspektive wechseln‹«

Demonstrativ schüttelte Kristin den Kopf.

»Jenny, gib es auf, okay? Musik und Tanz werden rein gar nichts an meiner Entscheidung ändern.«

»Okay!« Beschwichtigend hob Jennifer beide Hände. »Folgender Vorschlag: Du begleitest mich, und wenn du dich nach diesem Abend immer noch scheiden lassen willst, dann akzeptiere ich es und halte meine Klappe. Kein Wort mehr von mir. Versprochen!« Demonstrativ fuhr sie mit Daumen und Zeigefinger an ihren Lippen entlang, als schloss sie ihren Mund mit einem Reißverschluss.

Kristin schüttelte unverständlich den Kopf.

»An diesen Tanzabend hast du dich jetzt festgebissen, stimmt's?«

»Na, aber sowas von«, erwiderte Jennifer augenzwinkernd und versetzte Kristin einen leichten Schubs in die Seite. »Also, bist du dabei?«

»Als hätte ich eine Wahl. Du lässt doch eh nicht locker.«

»Super! Dann hole ich dich Samstag um sechs Uhr ab. Und bis dahin erzählst du Frank kein Wort von deinen wirren Trennungsphantasien!« Sie warf einen kurzen Blick auf ihre Uhr. »Leider muss ich jetzt los. Wir sehen uns Samstag, ich freu mich.«

Als die beiden Freundinnen die Tanzschule betraten bewunderte Kristin schon im Eingang begeistert ein Foto von Jana und Dirk.

»Du strahlst ja noch eher, als ich dachte«, kommentierte Jennifer Kristins Gesichtsausdruck. »Das Foto entstand vor ungefähr neun

Jahren, bei ihrem ersten Turnier. Sie haben den zweiten Platz gemacht.«

»Das Foto ist der Hammer, Jenny! Liegt sicher auch an diesem scharlachroten Kleid. Kräftige Farben bringen Leben in jedes Foto.«

»Ja, das ist ein Rot, was? Als wir das Motiv für die Wand besprachen, erwähnte Jana, dass sie eine Schwäche für knallige Farben hätte. Von Kopf bis Fuß ›Lady in red‹, nicht mal vor den Schuhen hat sie Halt gemacht, allerdings könnte ich auf den hohen Dingern keine zwei Meter laufen, geschweige denn tanzen.« Kristin nickte zustimmend, während sie Janas Kleid bewunderte, dessen weitschwingender Rock aus mehreren Schichten bauschigem, kräftig schimmernden Organza bestand und einen interessanten Kontrast bildete zu der zarten Spitze des hochgeschlossenen Oberteils. Janas langes, dunkelbraunes Haar war im Nacken elegant zu einem Knoten zusammengefasst. Dirk, ganz in schwarz gekleidet, hielt sie sicher in seinen Armen.

Jennifer hakte sich bei ihrer Freundin unter und zog sie mit.

»Nun komm, bis jetzt ist nicht viel los, noch hat Jana Zeit für dich. Sie möchte mit dir reden.«

»Mit mir? Worüber will sie mit *mir* reden?« Irritiert sah Kristin ihre Freundin an. Mit einer Kopfbewegung deutete Jennifer zur Lounge hinüber.

»Wie findest du mein Bild? Ist das nicht total edel geworden?«

»Hallooo? Ich habe dich gefragt, worüber sie mit mir reden will.« Jennifer zog eine Grimasse. »Versprich mir erst, dass du nicht ausflippst.«

»Worüber – will – sie – mit – mir – reden?« Kristin sah Jennifer warnend an. »Raus mit der Sprache!«

»Über Aufträge«, murmelte sie schuldbewusst und schluckte. Dann legte sie ihre Hände wie zu einem Gebet fest aneinander. »Hör es dir wenigstens an, bitte!«, flehte Jennifer. »In zwei Wochen findet ein Abtanzball statt und in den kommenden Monaten stehen etliche Veranstaltungen an. Jana und Dirk möchten für alle Events eine feste Fotografin buchen. Natürlich habe ich von dir erzählt, ist das so schlimm?«

»Ach, ich dachte ich sollte Spaß haben. Und nun bin ich hier wegen irgendwelcher Aufträge?«

»Das eine schließt das andere ja nicht aus. Nein sagen kannst du immer noch, aber hör es dir doch zumindest einmal an. Bitte, mir zuliebe!« Jennifer deutete erneut zur Lounge hinüber. »Die junge Frau, die dort sitzt, das ist Jana Nelsen.«

Kristin warf Jennifer einen verwunderten Blick zu.

»DAS ist sie? Sagtest du nicht, dass sie knallige Farben liebt? Warum in aller Welt trägt sie dann dieses total langweilige Mausgrau?«, kommentierte Kristin Janas langen Rock.

»Hör auf zu lästern! Und ganz nebenbei, das ist Platingrau«, verbesserte Jennifer ihre Freundin, während sie sie quer über die noch leere Tanzfläche zog. Jennifer machte die beiden Frauen miteinander bekannt und spürte schnell, dass sie sich sympathisch waren. Kristin musste sich insgeheim eingestehen, dass Janas Kleiderwahl, trotz der grauen Farbe, an Eleganz nichts einbüßte. Der lange schlichte Satinrock zusammen mit der Corsage, die besetzt war mit hell- und dunkelgrauen Pailletten, ließen sogar dieses triste Grau erstrahlen. Im Gegensatz zu der eher strengen Frisur auf dem Foto trug Jana nun ihr Haar locker hochgesteckt. Sie hatte einige Strähnen aus den silbernen Spangen gelöst, was der Frisur eine gewisse Romantik verlieh. Während sich Jennifer bewusst zurückhielt, kamen die beiden Frauen sofort ins Gespräch, und es dauerte nicht lange, bis sie sich geeinigt hatten und Kristin für sämtliche Veranstaltungen engagiert war. Jana goss allen ein Glas Sekt ein.

»Auf gute Zusammenarbeit«, sagte sie, erhob ihr Glas und prostete Kristin zu.

»Auf gute Zusammenarbeit«, wiederholte Kristin und nahm ebenfalls ihr Glas. Für einen Moment schwiegen alle drei und genossen den prickelnden Sekt.

»Jennifer erzählte, ihr Mann sei auf Dienstreise«, ergriff Jana schließlich das Wort, »aber seien Sie unbesorgt, wir finden bestimmt einen tanzwütigen Herrn für Sie.«

»Der arme Kerl!«, erwiderte Kristin lachend. »Glauben Sie mir, ich habe zwei linke Füße.« Jana winkte ab.

»Vergessen Sie Ihre Füße! Die sind gar nicht so wichtig, wie Sie glauben. Seien Sie mit dem Herzen dabei, nicht zu viel denken, lassen Sie sich einfach von der Musik tragen! Sie werden sehen, das ist gar nicht so schwer.«

»Aber sicher auch nicht so leicht, wie es sich anhört«, widersprach Kristin und zog eine Grimasse.

»Da bin ich unbesorgt, wie ich von Ihrer Freundin hörte, sind Sie eine Kämpferin. Also, wo ist das Problem?«

»Wie Sie von meiner Freundin hörten?« Kristin strafte Jennifer mit einem kurzen, vernichtenden Blick. Dann wandte sie sich wieder an Jana. »Was genau haben Sie denn gehört?«

»Dass Sie den Krebs erfolgreich bekämpft haben«, antwortete Jana anerkennend. »Warum sollten Sie also nicht den Kampf mit zwei linken Füßen aufnehmen können?«

Kristin sah ihre Freundin mit zusammengekniffenen Augen an.

»Jennifer Thoben, du bist so eine Tratschtante!«

Bevor Jennifer etwas erwidern konnte, ergriff Jana das Wort.

»Fast hätte ich es vergessen, Jennifer, das Paar dort drüben, mit dem sich mein Mann gerade unterhält, besitzt in der Innenstadt ein italienisches Restaurant. Die beiden interessieren sich sehr für Ihre Kunstmalerei und haben in ihrem Restaurant noch eine Wand frei. Ich glaube, da winkt ein Auftrag!«

»Na, dann gehe ich doch mal rüber und stelle mich vor«, beschloss Jennifer sofort, warf Jana einen verschwörerischen Blick zu und verschwand. Jana sah ihr kurz nach, dann wandte sie sich an Kristin.

»Ihre Freundin macht sich große Sorgen um Sie, deswegen hat sie über Ihre Erkrankung gesprochen. Sie musste sich mal Luft machen und hat es ganz sicher nicht böse gemeint.« Jana sah sich kurz um und stellte fest, dass die beiden immer noch allein in der Lounge saßen. »Darf ich Ihnen eine persönliche Frage stellen?« Unsicher sah sie Kristin an, und freute sich, als diese zustimmend nickte. »Sie haben doch den Krebs erfolgreich bekämpft, warum gönnen Sie ihm jetzt diesen Triumph?«

»Ich gönne dem Krebs den Triumph?« Kristin kräuselte irritiert die Stirn. »Welchen Triumph?«

»Den Triumph, dass er hemmungslos weiter wuchern kann – nicht in Ihrem Körper, aber in Ihrer Seele. Es gibt Schicksalsschläge, die stellen unser ganzes Leben auf den Kopf, sie können alles zerstören, was uns wichtig ist. Und eine Krebserkrankung gehört ganz sicher dazu. Ihre Freundin erzählte, dass Sie sehr niedergeschlagen seien, am liebsten alles hinschmeißen würden, und glauben Sie mir, das verstehe ich besser, als Sie ahnen.« Jana atmete tief durch und ließ ihren Blick nachdenklich über die Tanzfläche schweifen, die sich langsam füllte. »Ich vergleiche das Leben gerne mit Melodien und natürlich, wie sollte es auch anders sein, mit einem Tanz«, fuhr sie schließlich fort und sah Kristin ernst an. »Im Leben gibt es manchmal Zeiten, die sind so schwungvoll und leicht wie die Melodie eines Wiener Walzers. Man hat das Gefühl, alles sei möglich, man schwebe auf Wolken und der Himmel stehe einem offen. Die Melodie der Rumba, das sind für mich eher die ruhigen Zeiten. Nichts Weltbewegendes geschieht, weder im positiven noch im negativen Sinne. Ehrlich gesagt, finde ich es dann irgendwie langweilig.« Jana schüttelte leicht den Kopf und kräuselte die Nase. »Ruhige Zeiten sind nicht so mein Ding«, fügte sie leise hinzu, nahm einen Schluck Sekt und stellte das Glas wieder ab. »Dann gibt es natürlich auch noch die dramatischen Zeiten, so dramatisch wie die Melodie eines Paso Dobles«, fuhr sie fort und ihre Stimme hob sich wieder. »Es sind die Zeiten des Kampfes, die uns manchmal fast übermenschliche Tapferkeit und ein gehörige Portion Mut abverlangen.« Jana schluckte schwer und sah Kristin eindringlich an. »Sie können mir glauben, ich liebe das Leben, mit all seinen Herausforderungen. Und ich stelle mich ihnen. Doch wissen Sie, was ich dem Leben übelnehme?«

Kristin schüttelte den Kopf und sah Jana interessiert an. »Ich nehme dem Leben übel, dass es oft völlig unerwartet die Melodie wechselt. Kein Warnsignal ertönt, bevor es passiert, nichts gibt uns die Chance, uns darauf vorzubereiten. Es geschieht, einfach so, ein Unfall, eine Diagnose …«, Jana schnippte mit den Fingern, »… einfach so, und nichts ist mehr, wie es vorher war – wir geraten aus dem Takt und verlieren unser Gleichgewicht. Es ist ein Segen, wenn wir dann einen Partner an unserer Seite wissen, der uns hält bis wir unseren Rhythmus wiedergefunden haben. Wie ich hörte, haben Sie einen solchen Partner.«

11

»Worauf wollen Sie eigentlich hinaus?«, fragte Kristin skeptisch und musterte Jana genau.

»Wenn Sie jetzt Ihre Ehe aufgeben, hat der Krebs doch noch sein Ziel erreicht und Ihr Leben zerstört.«

»Wenn ich meine Ehe aufgebe? Gibt es eigentlich irgendetwas, was Jennifer nicht ausgeplaudert hat?« Kristin schüttelte verständnislos den Kopf. »Ich möchte nicht weiter darüber reden. Bitte verstehen Sie mich nicht falsch, mag sein, Sie meinen es nur gut, doch ich habe mich entschieden. Sie wissen nicht, wie es ist, vor dem Spiegel zu stehen und plötzlich eine Frau darin zu sehen, die einem fast fremd ist. Auch Jennifer weiß nicht, wie das ist! Und trotzdem meint jeder, es besser zu wissen, und jeder …«

»Entschuldigung, wenn ich störe, aber bist du soweit, Jana?«, unterbrach Dirk die beiden Frauen, als er an den Tisch herantrat. »Lass uns eine flotte Sohle aufs Parkett legen«, scherzte er und sah seine Frau liebevoll an. Dann nickte er Kristin freundlich zu und reichte ihr die Hand. »Dirk Nelsen, Janas Mann, mit dem sie leidenschaftlich durchs Leben tanzt.«

»Genau, Kristin, die leidenschaftliche Melodie des Tangos gibt es ja auch noch. Sehr wichtig!«, sagte Jana und zwinkerte Kristin zu.

»Habe ich irgendwas verpasst?‘«, fragte Dirk neugierig.

»Nein, gar nichts«, beruhigte Jana ihren Mann und grinste frech. »Also von mir aus kann es losgehen«, erklärte sie kurz, warf einen Blick zu den Gästen, die mittlerweile alle eingetroffen waren und gab einem Angestellten ein Handzeichen, der kurz darauf auf den Tisch zukam. Kristin erstarrte förmlich, als sie ihn kommen sah. Vergeblich versuchte sie, ihren Blick von dem Rollstuhl abzuwenden, den er vor sich herschob und wie hypnotisiert beobachtete sie schließlich, wie Dirk sich zu seiner Frau hinunter beugte, Jana ihre

Arme um seine Schulter legte und sich von ihm vorsichtig in den Rollstuhl setzen ließ.

»Sie … Sie sind …« Kristin schluckte schwer und sah Jana schockiert an. »Wieso sind Sie …«

»… querschnittsgelähmt?«, vollendete Jana Kristins Satz. »Sprechen Sie es ruhig aus!« Jana strich mit der Hand ihren Rock glatt und atmete tief durch. »Vor ungefähr vier Jahren hatte ich einen schweren Autounfall, kurz nachdem wir diese Tanzschule eröffnet hatten und uns am Ziel unserer Träume sahen.« Ihre Stimme klang zart und zerbrechlich. »Von einem Tag auf den anderen hatte sich alles geändert. Plötzlich bestand mein Leben nur noch aus Arztterminen und Reha-Maßnahmen, obwohl sicher war, dass ich nie wieder laufen konnte. Natürlich sah ich mich nur als Belastung für Dirk. Ich bestand darauf, dass er sein Leben ohne mich weiterführte und wollte mich von ihm trennen. Aber er ließ es nicht zu.« Jana lächelte leicht und sah ihren Mann liebevoll an, dann wandte sie sich wieder an Kristin. »Stattdessen überredete er mich zu einer Therapie. Fast zwei Jahre half mir eine Psychologin dabei, meine Ängste, meine Wut und Trauer zu verarbeiten. Können Sie sich vorstellen, dass ich knapp ein dreiviertel Jahr diese Tanzschule nicht betreten habe? Ich konnte es einfach nicht.« Sie zuckte mit den Schultern. »Irgendwann brachte mein Mann mich unter einen Vorwand hierher, stellte mich einfach mitten auf der Tanzfläche ab und legte Musik auf. Dann bat er mich inständig darum, endlich wieder für das zu kämpfen, was mir wichtig ist und schlug vor, gemeinsam mit ihm eine Zusatzausbildung zum Rollstuhltanzlehrer zu absolvieren. Natürlich lehnte ich ab. Für mich gab es nur schwarz oder weiß: auf zwei gesunden Beinen tanzen oder gar nicht! Doch er ließ nicht locker, absolvierte alleine die Ausbildung und schaffte es nach und nach, auch mich dafür zu begeistern.« Ihre Stimme wurde kräftiger und sie schlug mit den Handflächen auf die Armlehnen ihres Rollstuhls. »Es ist Strafe genug, dass ich hier drinsitze. Meine Beine sind zerstört, aber davon lassen wir uns nicht auch noch unsere Träume kaputt machen. Heute arbeiten Dirk und ich erfolgreich mit Sport- und Rehabilitationsverbänden zusammen und wir wollen uns sogar für die Deutsche Meisterschaft im Rollstuhltanz qualifizieren«, erklärte sie stolz und streichelte zärtlich über Dirks Hand. »Natürlich gibt es auch heute noch schwarze Tage, aber da muss man durch, sie gehören dazu. Ohne meinen Mann hätte ich das alles nicht geschafft. Es war übrigens seine Idee, Ihnen meine Behinderung zunächst zu verschweigen.« Jana warf ihrem Mann einen auffordernden Blick zu.

»Negative Eindrücke versperren uns manchmal den Blick auf das Schöne, auf das Wesentliche«, ergriff Dirk das Wort. »Und das Wesentliche ist, dass meine Frau diesen Unfall überlebt hat! Sie lacht wieder und sie tanzt wieder – wenn auch anders als zuvor. Für mich zählt nur, dass sie wieder bei mir ist. Wir dachten, vielleicht hilft es Ihnen, wenn wir Ihnen unsere Geschichte erzählen. Ich hoffe, wir haben Sie nicht gelangweilt.«

Kristin schluckte, schaute zwischen Jana und Dirk hin und her und wischte sich eine Träne von der Wange.

»Was Ihnen passiert ist, tut mir unendlich leid, Jana, und ich danke Ihnen für Ihre Offenheit. Ich bin wirklich beeindruckt von Ihnen, von Ihnen beiden!«, sagte Kristin anerkennend und nickte beiden zu.

»Nun aber genug von diesen ernsten Themen«, wandte Dirk ein. »Genießen Sie die Musik! Tanzen Sie!« Dann sah er seine Frau strahlend an. »Ab auf die Tanzfläche mit uns!« Jana nickte zustimmend und wendete den Rollstuhl. Dann drehte Sie sich noch einmal zu Kristin um.

»Es gibt Zeiten, in denen uns keine andere Wahl bleibt als nach der Melodie zu tanzen, die das Leben für uns spielt. Doch nun liegt es wieder in Ihrer Hand, Kristin. Vertreiben Sie den Blues, seien Sie wieder offen für die wichtigste Melodie des Lebens.«

»Und die wäre?« Kristin sah Jana fragend an.

»Die lebensbejahende Melodie einer Samba«, antwortete Jana augenzwinkernd und machte eine einladende Kopfbewegung. »Und nun kommen Sie mit, schauen Sie uns zu.«

Jana fuhr auf die Tanzfläche, Dirk nahm ihre Hand, die Musik setzte ein und die beiden tanzten. Kristin stellte sich zu den übrigen Gästen an den Rand und sah ihnen begeistert zu.

»Was für ein Glück, dass es für Jana nicht nur schwarz oder weiß gab«, sagte Jennifer, die plötzlich neben ihr auftauchte. »Dann wären die beiden niemals wieder so glücklich geworden. Was man alles erreichen kann, wenn man nicht aufgibt. Nicht schlecht, oder wie siehst du das?«

»Es ging von Anfang an nicht nur um irgendwelche Aufträge, stimmt's?«, antwortete Kristin mit einer Gegenfrage und versetzte ihrer Freundin einen kräftigen Schubs in die Seite.
Jennifer grinste. »Es bleibt dabei: Nach diesem Abend entscheidest du, wie es mit dir und Frank weitergeht. Kein Wort mehr von mir. Ich werde deine Entscheidung schweigend akzeptieren.«

»Klar, wer's glaubt wird selig«, murmelte Kristin. Dann schaute sie zu Jana hinüber, die sich ganz und gar der Musik hingab. Kurze, schnelle Bewegungen, nach rechts, nach links. Elegante Drehungen um ihren Mann herum und unter seinem Arm hindurch, der Oberkörper wippte im Takt der Samba. Bei jeder Bewegung schimmerte der platingraue Satin dezent und zurückhaltend, die hell- und dunkelgrauen Pailletten hingegen glitzerten wie der Lebenswille der Frau, die sie trug. »Ich glaube, ich werde noch einmal über alles nachdenken. Schwarz oder weiß, irgendwie ist das doch langweilig«, sagte Kristin plötzlich und zwinkerte Jennifer zu, hakte sich bei ihr unter und sah noch einmal zu Jana hinüber. »Grau ist gar nicht so übel, vielleicht kommt es nur darauf an, was man daraus macht.«

Ein Wink des Schicksals

Das schrille Heulen von Sirenen riss Ute aus dem Schlaf, verwirrt und wie benommen öffnete sie ihre Augen und setzte sich auf. Flackerndes, blaues Licht tanzte an den Wänden ihres Schlafzimmers und gab dem Raum eine gespenstische Atmosphäre. Dann wurde es plötzlich still. Beunruhigt warf Ute die Bettdecke beiseite, stand auf und eilte zum Fenster. Ein Notarztwagen stand vor dem Haus ihrer Nachbarn Anna und Jacob Boisenberg, die Haustür stand weit offen und das grelle Licht der Diele spiegelte sich im nassen Trittstein.

»Bitte nicht«, seufzte Ute. Hastig raffte sie ein paar Sachen zusammen und zog sich an. Die Boisenbergs waren viel mehr als nur Nachbarn von gegenüber. In den letzten anderthalb Jahren waren sie sich nähergekommen, nachdem Ute begonnen hatte, sich in der Nachbarschaftshilfe zu engagieren. Anna und Jacob waren es, die Ute auffingen nachdem sie von ihrem Mann von einem Tag auf den anderen verlassen worden war und an ihrem Schmerz zu zerbrechen drohte. Sie zeigten ihr, dass Freundschaft keinen Altersunterschied kannte. Ute war sechsunddreißig, Anna und Jacob um die Achtzig, doch keiner von ihnen verschwendete auch nur einmal einen Gedanken daran.

Hastig rannte Ute aus dem Haus, überquerte die Straße und als sie Annas Diele betrat, sah sie die alte Dame auf dem Stuhl neben der Garderobe sitzen. Sie saß einfach nur da, in ihrem hellblauen Bademantel und den Filzpantoffeln und starrte wie hypnotisiert ins Leere.

»Er ist transportbereit«, hörte Ute jemanden sagen und sah, wie eine Notärztin neben Jacob kniete, der regungslos auf dem Küchenboden lag.

»Er kam nicht wieder, kam einfach nicht wieder«, flüsterte Anna immer und immer wieder. Ute kniete sich neben sie, streichelte sanft über ihren Rücken.

»Alles wird gut. Sie werden schon sehen«, versuchte Ute, die alte Dame zu beruhigen.

»Ihm war nicht gut, er wollte nur ein Glas Wasser trinken. Doch er kam einfach nicht wieder«, wiederholte Anna und sah Ute verzweifelt an. Bevor sie etwas erwidern konnte, trat einer der Sanitäter an Anna heran.

»Ihr Mann hatte einen Herzanfall, Frau Boisenberg. Wir bringen ihn jetzt ins Krankenhaus. Wie geht es Ihnen? Haben Sie jemanden, der sich um Sie kümmert?« fragte er Anna und warf Ute einen besorgten Blick zu.

»Ich werde mich um Frau Boisenberg kümmern,« antwortete Ute. »Wir kommen gleich nach.« Der Sanitäter nickte beruhigt und verließ das Haus.

»Ich muss mich anziehen, ich muss sofort zu Jacob.« Schwerfällig stand Anna auf und löste mit zitternden Händen den Gürtel ihres Bademantels.

»Ich helfe Ihnen beim Anziehen«, sagte Ute liebevoll. Anna atmete leicht auf, lächelte dankbar und hakte sie sich bei ihrer jungen Freundin unter. Gemeinsam gingen sie ins Schlafzimmer.

»Bitte geben Sie mir meine graue Strickweste aus der Kommode. Sie liegt in der obersten Schublade«, erklärte Anna, während sie die Knöpfe ihrer Bluse schloss.« Ute nickte und zog die schwere

18

Schublade der massiven Nussbaumkommode langsam auf, als ihr Blick auf ein gerahmtes Foto fiel.

»Was für ein traumhafter Sonnenaufgang«, stellte Ute bewundernd fest. »Oder ist es ein Sonnenuntergang?«, hakte sie nach und hoffte, Anna so ein wenig ablenken zu können. Die alte Dame nickte und trat an Ute heran.

»Ein Sonnenuntergang«, seufzte sie verträumt.

»Was für ein beeindruckendes Farbenspiel«, fuhr Ute fort. »Dieser wunderbare Kontrast aus den dunklen und hellen Violetttönen und wie sie ineinander übergehen. Traumhaft! Habe ich Ihnen eigentlich schon erzählt, dass ich bis vor einigen Jahren gemalt habe? So richtig, mit Staffelei und allem Drum und Dran.«

»Dieses Foto hat Jacob gemacht«, sagte Anna, ohne auf Utes Frage einzugehen. »Es ist nicht nur irgendein Sonnenuntergang, es ist viel mehr.«

»Es ist viel mehr?«, fragte Ute irritiert, während sie die Weste aus der Schublade holte und der alten Dame hineinhalf.

»Jacob hat Ihnen die Geschichte noch nicht erzählt?« Verwundert schüttelte Anna ihren Kopf. »Er liebt es, sie zu erzählen.«

»Dann tun Sie es jetzt, Anna. Ich höre Ihnen gerne zu.«

»Nein, das muss mein Jacob machen. Das Besondere ist nicht der Sonnenuntergang, es ist viel mehr das Violett dieses Sonnenuntergangs. Es hat unser Leben verändert. Ich möchte meinem Mann nicht die Freude nehmen, Ihnen davon zu erzählen.«

»Es hat Ihr Leben verändert?« Irritiert hob Ute die Brauen.

»Jacob wird Ihnen gleich alles erzählen«, erwiderte Anna und in ihren Augen schimmerte ein sonderbarer Glanz. Ute bezweifelte, dass Jacob schon mit ihnen sprechen konnte, aber sie behielt diesen Gedanken für sich.

Fast eine Stunde warteten Ute und Anna auf dem Flur vor der Notaufnahme. Still und in sich gekehrt saß Anna da, starrte auf ihre Hände, die gefaltet in ihrem Schoß lagen. Ute fragte sich gerade, ob sie betete, als ein junger Arzt auf sie zukam und Ute einen Blick zuwarf, der erahnen ließ, dass er keine guten Nachrichten überbrachte. Instinktiv legte Ute ihren Arm um Annas Schultern und drückte sie sanft an sich.

»Frau Boisenberg, es tut mir sehr leid, wir haben alles für Ihren Mann getan, aber es war zu spät.« Wie hypnotisiert sah sie den Arzt an und nickte. Tränen verfingen sich in den tiefen Falten ihrer Wangen. »Ich weiß, Herr Doktor, ich weiß«, seufzte sie. »Ich spüre, dass er nicht mehr bei mir ist. 53 Jahre waren wir verheiratet, nie voneinander getrennt. Ich fühle, dass er fort ist.« Traurig sah sie hinunter und auf ihre Hand und streichelte zärtlich über den schmalen, goldenen Ring an ihrem Finger. »Wie sehen uns wieder«, flüsterte sie.

Ute half Anna, die Beisetzung zu organisieren, und auch in den Wochen danach verbrachten sie viel Zeit miteinander. Oft besuchte sie Anna, und wenn das Wetter es zuließ, saßen sie in ihrem kleinen Garten hinter dem Haus.

»Ich bin Ihnen noch eine Geschichte schuldig«, sagte Anna eines Nachmittags. »Erinnern Sie sich? Der violette Sonnenuntergang! Jacob würde wollen, dass ich sie Ihnen erzähle.« Ute lächelte und nickte zustimmend.

»Der violette Sonnenuntergang! Ich erinnere mich sehr gut an dieses wunderschöne Foto und würde sehr gern die Geschichte dazu hören.«

»Und ich werde Sie Ihnen sehr gerne erzählen! Wenn Sie mich allerdings kurz entschuldigen. Ich bin gleich zurück«, erklärte Anna, stand auf und ging ins Haus.

Als sie zurückkam, hielt sie eine kleine weiße Schachtel in ihrer Hand und über ihrem Arm lag ein Kleid, dunkelviolett mit einem breiten Gürtel. Anna legte die Schachtel auf dem Tisch ab und hielt das Kleid in die Höhe.

»Meine Mutter hat dieses Prachtstück für mich genäht«, erklärte sie stolz. »Für den V-Ausschnitt musste sie sich erst die Erlaubnis meines Vaters einholen«, schmunzelte sie und in ihren Augen lag plötzlich der Glanz eines jungen Mädchens.

»Das Kleid ist traumhaft schön«, schwärmte Ute und musterte es bewundernd. Anna nickte stolz.

»Den Rockteil hat meine Mutter weit gehalten, so konnte ich auch ein Petticoat darunter tragen«, fügte sie hinzu, nachdem sie sich wieder gesetzt hatte. Dann öffnete Anna die Schachtel. »Und weil etwas Stoff übrig war, nähte sie mir noch ein passendes Haarband. Damals hatte ich langes, blondes Haar. Dieses Violett sah wunderschön darin aus.« Wehmütig fuhr sie mit ihren Fingerspitzen über ihr Kleid. »Ich werde den Tag niemals vergessen, an dem ich es zum ersten Mal trug. Es war der 12. August 1961, ein Samstag! In unserem Dorf hatte es ein Schützenfest gegeben, nichts Großes, wissen Sie, aber ich habe es genossen und dabei die Zeit vergessen.«

»Na ja, war das so schlimm?«, wandte Ute ein und zuckte mit den Schultern. »Kann doch mal vorkommen.«
Anna lachte kurz auf.

»Oh, das sah mein Vater anders. Er war sehr streng. Pünktlichkeit war ihm wichtig. Darum nahm ich für den Heimweg eine Abkürzung durch ein Maisfeld. Der Mais stand sehr hoch, ich verschwand darin, war nicht mehr zu sehen. Anschließend musste ich noch eine Landstraße überqueren, und dabei bin ich meinem Jacob in die Arme gelaufen. Er stand auf dieser gottverlassenen Landstraße und fotografierte dieses atemberaubende Violett des Sonnenuntergangs, als ich ihm sozusagen wie aus dem Nichts direkt vor die Linse gesprungen bin«, erzählte Anna und lachte. »Jacob hatte damals für eine Zeitung gearbeitet und immer einen Fotoapparat dabei. Er war er auf dem Weg in unser Dorf, um über irgendetwas zu berichten.« Sie zuckte mit den Schultern. »Worüber, weiß ich nicht mehr.«

»Und dann standen Sie plötzlich vor ihm, in diesem Traum von Violett«, schmunzelte Ute.

»Ganz genau! Jacob hielt es für einen Wink des Schicksals. Dieses atemberaubende Violett über uns und ich in meinem violetten Kleid vor ihm. Von dem Tag an war Violett seine Schicksalsfarbe, der wir es verdankten, dass wir zueinander fanden. An jedem unserer 53 Hochzeitstage bekam ich von ihm einen Strauß Callas, meine Lieblingsblumen – natürlich violette Callas«, lächelte Anna und wischte sich eine Träne von der Wange. «Mein Jacob war ein echter Romantiker.«

Ute atmete tief durch. »Hoffentlich finde auch ich mal einen solchen Mann wie Ihren Jacob.«

»Natürlich werden Sie das! Erzählten Sie mir nicht sogar vor kurzem, Sie hätten jemanden kennen gelernt?«

Ute grinste. »Stimmt, den Thomas. Klar, er ist ein netter Kerl. Aber irgendwie … na ja … ich hatte schon so oft Pech und wenn es wieder schief geht. Nein, ich will all das nicht noch einmal erleben.« Dann lachte sie kurz auf. »Und Thomas trägt nie violett. Also kein Wink des Schicksals in Sicht.«

»Mein liebes Mädchen, glauben Sie einer alten Frau, das Schicksal verfügt über eine große Farbpalette vieler traumhafter Farben! Es hält auch für Sie die Passende bereit – es muss ja nicht unbedingt Violett sein. Gehen sie mit offenen Augen durch diese Welt, seien Sie aufgeschlossen und mutig! Achten Sie auf die bunte Vielfalt, die das Leben Ihnen bietet. Vielleicht ist Ihre Schicksalsfarbe eine ganz andere! Und weil wir gerade von Farben sprechen, warum haben Sie eigentlich die Malerei aufgegeben? Gibt es denn etwas Schöneres – neben der Liebe – als sich mit Farben zu umgeben?«

Ute zuckte mit den Schultern.

»Irgendwann fehlte mir einfach die Zeit. Aber meine Staffelei habe ich noch. Sie steht gut verpackt auf dem Dachboden.«

»Na, da steht sie ja gut!« Anna sah ihre junge Freundin eindringlich an. »Worauf warten Sie, Ute? Hier in der Nähe hat vor kurzem ein Geschäft aufgemacht. Sie kriegen dort alles, was das Künstlerherz begehrt.«

»Mal schauen, wenn ich irgendwann mehr Zeit habe, dann male ich sicherlich wieder.«

»Irgendwann, irgendwann! Wenn Ihnen etwas am Herzen liegt, Ihnen Freude bereitet, dann verschieben Sie es nicht auf irgendwann. Wenn Sie etwas von Herzen gerne tun möchten, dann tun Sie's. Jetzt! Die Zeit rennt. Bevor man sich versieht, ist es zu spät.«

»Sie haben ja Recht, Anna«, gestand Ute und atmete schwer durch. »Ist eben alles nicht so einfach.«

»Vielleicht steht man sich manchmal aber auch nur selbst im Weg«, erwiderte Anna und lächelte sanft. Ute fühlte sich traurig und zuversichtlich zugleich, als sie ihre alte Freundin an diesem Nachmittag verließ. Wie so oft hatte das Gespräch mit ihr in Ute etwas bewegt. Schon als sie ging, freute sie sich auf das nächste Mal.

Es vergingen einige Tage, an denen Ute nichts von Anna gehört hatte. Doch dann rief sie an und fragte, ob Ute Lust hätte, mit ihr am nächsten Tag einen Kaffee zu trinken. Nur zu gerne sagte Ute zu.

»Hallo Anna«, kündigte sich Ute schon von weitem an, als sie den schmalen Weg entlang ging, der zu dem kleinen Garten führte. Doch Anna reagierte nicht. Bewegungslos saß sie in ihrem Stuhl, ihre Hände ruhten auf dem violetten Kleid, das auf ihrem Schoß lag, ihr Kopf war zur Seite geneigt und es sah aus, als schlief sie. Vorsichtig trat Ute näher. »Anna?« Sanft strich sie über ihren Arm und kniete sich neben sie. »Anna«, wiederholte Ute traurig, obwohl ihr klar war, dass die alte Dame sie nicht mehr hören konnte; denn auf ihrem Gesicht lag dieses besondere Lächeln – ein Lächeln, das Ute nicht mehr bei ihr gesehen hatte, seit Jacob gegangen war. ›Wir sehen uns wieder‹, hörte sie noch Annas Worte. Nur einige Wochen zuvor, im Krankenhaus, hatte sie es gesagt. Und nun war es soweit. Nun hatte er seine Anna zu sich geholt.

»Das kann kein Zufall sein«, flüsterte Ute, als sie über die alte Dame Anna hinweg in den Himmel schaute. Die Herbstsonne verlieh den Wolken einen Hauch von Violett. Ute ließ ihren Tränen freien Lauf, und erst, als sie sich etwas gefangen hatte, entdeckte sie das kleine Päckchen neben ihrer Kaffeetasse, liebevoll verpackt in zartviolettem Seidenpapier. ›*Für meine Freundin Ute! Es gibt kein Irgendwann, es gibt nur ein Jetzt!*‹ stand auf dem Kärtchen, das unter der Schleife steckte. Ute entfernte das Papier und zum Vorschein kam eine weiße Schachtel. Darin lagen ein Pinsel und eine Farbpalette aus hellem Holz auf dem zehn gläserne Töpfchen mit verschiedenen Farben befestigt waren. ›*Gib acht auf den Wink deines Schicksals – welch' Farbe es auch immer tragen mag!*‹, stand eingraviert in der Mitte

24

der Palette und auf dem Töpfchen mit der violetten Farbe klebte ein kleiner Zettel, auf dem mit zittriger Hand geschrieben stand ›*Belegt!*‹

Hinter der Maske

Mario parkte seinen Mietwagen direkt vor dem Versicherungsgebäude, in dem sein Vater arbeitete, stieg aus und ging durch die Drehtür in den Empfangsbereich.

»Einen schönen guten Tag, Herr Linde«, begrüßte Mario den Pförtner freundlich, der schon seit einer gefühlten Ewigkeit in diesem Empfang seinen Dienst tat, noch nie hatte Mario dort einen anderen Pförtner angetroffen.

»Mario!« Verblüfft und mit hochgezogenen Brauen starrte Herr Linde ihn an. »Ich dachte, Sie sind in Neuseeland? Wollten Sie nicht mindesten fünf Jahre dort arbeiten? War es doch nicht das Richtige für Sie?«

»Oh, doch! Es ist wunderbar in Christchurch. Ich bin auch nur für zwei Wochen hier, im Auftrag der Firma. Mein Vater weiß nicht, dass ich in Deutschland bin. Ich möchte ihn überraschen.«

Der Pförtner kräuselte die Stirn. »Ihren Vater? Sie wollen Ihren Vater hier überraschen?« Mario nickte und lachte.

»Na klar, ist das ein Problem? Werde direkt in die Poststelle spazieren. Er wird Augen machen!«

»Sie wissen es nicht?«

Verdutzt sah er Mario an. »Was weiß ich nicht?«

»Ihr Vater arbeitet nicht mehr bei uns. Vor ungefähr einem Jahr wurde er entlassen. Nach zwölf Jahren einfach wegrationalisiert, kurz nachdem Sie nach Neuseeland gegangen sind.« Sprachlos starrte Mario den Pförtner an, während dieser hilflos mit den Schultern zuckte. »Vielleicht hat er es Ihnen verschwiegen, um Sie nicht zu beunruhigen. Anders kann ich es mir nicht erklären.«

26

»Ich weiß echt nicht, was ich dazu sagen soll.« Mario schüttelte fassungslos den Kopf.

»Vielleicht hat er schon wieder Arbeit, und hat Ihnen deshalb nichts gesagt.«

»Das macht doch keinen Sinn. Warum sollte er es mir nicht erzählen? Er hat mir doch auch erzählt, dass er umgezogen ist. Ehrlich gesagt, verstehe ich gerade gar nichts mehr.« Mario atmete tief durch. »Na ja, ich kann hier noch lange herumstehen und spekulieren. Bringt mich nicht weiter. Ich werde zu ihm nach Hause fahren und schauen, ob ich ihn dort erwische.« Mario lächelte gezwungen, reichte Herrn Linde die Hand und nickte ihm kurz zu. »Alles Gute«, sagte er knapp, wandte sich ab und ging.

Zurück im Wagen gab er sofort die neue Adresse seines Vaters ins Navi ein und fuhr los. Während er den monotonen Anweisungen wie ferngesteuert folgte, kreisten seine Gedanken unaufhörlich. War sein Vater vielleicht umgezogen, weil er nach dem Verlust des Jobs seine Wohnung nicht mehr halten konnte? ›Ich brauche unbedingt einen Tapetenwechsel.‹ Mit den Worten hatte er damals seinen Umzug begründet. Doch sehr wahrscheinlich war die große Wohnung einfach nur zu teuer, darum war er zu seinem Freund Paul Petersen gezogen, der Platz genug hatte. Plötzlich wurde Mario auch klar, weshalb er seit einem Jahr nicht mehr in der Poststelle anrufen durfte. Die Firma dulde keine Privatgespräche mehr, hatte ihm sein Vater gesagt. Auch das war natürlich gelogen. Schlagartig ergab alles einen Sinn.

Nachdem sich Mario knapp zwanzig Minuten durch den dichten Hamburger Verkehr gequält hatte, fand er sich endlich in einer gepflegten und ruhigen Hamburger Wohngegend wieder. Langsam bog er in eine kleine Seitenstraße ein, die gesäumt war von hohen Pappeln. Da war es, Nummer 45, ein kleines Haus mit einer roten Klinkerfassade, in dessen Dachwohnung sein Vater eingezogen war. Mario parkte, stieg aus und ging die vier Stufen zur Haustür hinauf. Mehrere Male drückte er kurz hintereinander auf die Klingel, und es dauerte nicht lange, bis die Haustür aufgerissen wurde.

»Wenn ihr Rotzbengel nicht sofort aufhört zu ...?« Paul stockte und starrte Mario mit weit aufgerissenen Augen an. »Was zur Hölle machst du denn hier?«

»Na, das ist doch mal 'ne nette Begrüßung«, scherzte Mario und reichte dem Freund seines Vaters die Hand, der wie hypnotisiert im Türrahmen stand.

»Wieso ..., also ..., also ich meine ... wieso bist du nicht in Neuseeland?«

»Aus beruflichen Gründen. Der Firmenhauptsitz ist nun mal hier in Hamburg. Und manchmal gibt's eben Dinge, die man vor Ort klären muss.«

»Dein Vater hat mir gar nicht erzählt, dass du kommst.« Paul schluckte schwer.

»Liegt wohl daran, dass er nichts davon weiß. Es sollte eine Überraschung sein. Aber darf ich erstmal reinkommen?«, fragte Mario grinsend. »Drinnen unterhält es sich irgendwie bequemer.«

»Entschuldige! Natürlich, wo bleibt meine gute Kinderstube?« Paul trat beiseite und bat Mario mit einer kurzen Handbewegung hinein. »Du hast Glück, dass ich kein Radio anhatte. Wenn es hier unten bei mir ruhig ist, dann höre ich, wenn es oben klingelt«, erklärte Paul, während er mit Mario ins Wohnzimmer ging.

»Dein Vater ist nicht da, wie du bereits bemerkt hast«, sagte Paul, nachdem sie sich gesetzt hatten. »Er ist …, also er ist …« Paul presste seine Lippen kurz aufeinander und strich sich mit der Hand über den Nacken. »Also er ist noch auf der Arbeit«, fuhr er unsicher fort, »ich rufe ihn am besten kurz an.« Er nahm sein Handy, das vor ihm auf dem Tisch lag, und klappte es auf.

»Ach, das ist ja ein Ding!«, erwiderte Mario erstaunt und sah Paul herausfordernd an. »Erlaubt die Versicherung neuerdings wieder Privatgespräche?« Paul ignorierte die Frage und tippte nervös auf seinem Handy herum. »Aber ist ja auch egal«, fuhr Mario fort. »Solltest du Papa tatsächlich bei der Versicherung erreichen, dann hat man ihn in der letzten halben Stunde wohl wieder eingestellt. Was für ein Glückspilz, mein Herr Papa!«

Paul klappte sein Handy zu und sah Mario verblüfft an.

»Du weißt es? Von wem?«

»Ich war dort. Wie gesagt, ich wollte ihn überraschen, doch eh ich mich versah, war ich der Überraschte. Der Pförtner hat es mir erzählt.«

»Das konnte ja auf Dauer auch nicht gutgehen«, murmelte Paul und legte das Handy zurück auf den Tisch.

»Was soll das Theater, Paul? Was ist los? Und wo ist mein Vater?«

»Er wollte nicht, dass du dir Sorgen machst. Kannst du das nicht verstehen?«

»Ich bin 29! Meinst du nicht, ich wäre damit klargekommen? Seinen Job zu verlieren, das kann schließlich jeden treffen. Es ist nichts, wofür man sich schämen muss.«

»Nachdem er nach einigen Monaten immer noch keine neue Stelle gefunden hatte, wollte er es dir ja auch sagen. Wirklich! Aber dann …« Paul schluckte schwer und schwieg.

»Was, aber dann? Hat er wieder Arbeit gefunden?«

»Na ja, irgendwie schon.«

»Wie *irgendwie schon*? Hat er oder hat er nicht?«

»Kommt drauf an, wie man's sieht Weißt du, Junge, wir sollen alle möglichst bis 70 arbeiten, gehören aber mit 57 schon zum alten Eisen. Manchmal muss man dann eben neue und ungewöhnliche Wege gehen, um Geld zu verdienen und …«

»Würdest du bitte aufhören, um den heißen Brei herumzureden!« Mario sah ihn eindringlich an.

»Na gut. Du lässt eh nicht locker.« Paul rollte mit den Augen. »Diese Sturheit hast du von deinem Vater«, raunte er und fuhr sich erneut unsicher mit der Hand über den Nacken. »Also, dein Vater ist oben eingezogen, weil er mit jedem Cent rechnen muss. Und es bot sich geradezu an, nachdem meine Mieter ausgezogen waren. Für die kleine Dachwohnung nehme ich nicht viel, und von Richard sowieso nicht, wir sind schließlich schon seit fast vierzig Jahren befreundet.«

»Einen Freund wie dich zu haben, ist wahres Glück«, erwiderte Mario anerkennend. »Besonders in einer so schweren Zeit. Seinen Job zu verlieren, ist eine echte Katastrophe.«

Paul schüttelte den Kopf.

»Für deinen Vater war es das Beste, was ihm passieren konnte.«

»Soll das ein Witz sein, Paul? Vor drei Jahren ist meine Mutter gestorben, dann gehe ich, sein einziger Sohn, nach Neuseeland! Du glaubst nicht ernsthaft, dass nun auch noch der Verlust des Jobs das Beste ist, was ihm passieren konnte, oder?« Mit gekräuselter Stirn sah Mario ihn an.

»Wir machen es anders, mein Junge. Wie viel Zeit hast du?«

»Den ganzen Tag! Warum?«

»Hervorragend, dann fahren wir jetzt zu deinem Vater«, beschloss Paul und stand auf. »Früher oder später hättest du ja eh alles erfahren.« Mario verstand kein Wort, doch er folgte Paul widerstandslos zu seinem Wagen und gemeinsam fuhren sie Richtung Innenstadt.

»Weiter kommen wir nicht mit dem Auto«, sagte Paul nach einer Weile. »Viele Straßen sind gesperrt, wegen des Straßenfestes in der Innenstadt, aber genau da wollen wir hin.«

»Na ja, ist doch klar. Bei diesem herrlichen Sommerwetter ist hier natürlich die Hölle los.« Mario legte den Gurt ab, während Paul seinen Golf in eine der letzten Parklücken quetschte.

»Hier ist heute alles vertreten«, erklärte Paul nachdem sie ausgestiegen waren und sich durch die Menschenmenge schoben. »Vom Akrobaten bis zum Feuerschlucker und wie du siehst – Fressbuden ohne Ende.«

»Und hier ist Papa?« Mario verzog angewidert das Gesicht. »Sag nicht, er verkauft Bratwürste und Pommes.«

»Job ist Job, oder?«, erwiderte Paul und grinste. »Und hier würde er sich sauwohl fühlen, schon als Junge war er fasziniert von allem, was nur annähernd nach Zirkusluft roch.«

Mario verdrehte die Augen. »Ich weiß, er hat mich in jeden Zirkus geschleppt, der nach Hamburg kam. Jedes Jahr aufs Neue.«

»Weißt du eigentlich, dass dein alter Herr mal als Teenager abgehauen ist, um mit einem Zirkus mitzuziehen?«

»Na klar weiß ich das. Seine Lieblingsgeschichte!«, erwiderte Mario grinsend. »Ich denke, ganz Hamburg kennt die Geschichte. Und während er sie auf Familienfeiern zum hundertsten Mal zum Besten gab, jonglierte er mit irgendwelchen Gegenständen. Alles, was ihm in die Finger kam, warf er durch die Luft.«

Paul lachte laut auf.

»Aber du musst zugeben, er hat's drauf! Ich kann nicht mal mit zwei Bällen jonglieren.« Dann schüttelte er gedankenverloren den Kopf. »Wenn ich an deine Großeltern denke, sie wurden damals fast wahnsinnig vor Angst um ihren Sohn. Nach ein paar Wochen fingen sie den Ausreißer wieder ein und steckten ihn kurz darauf in die Ausbildung zum Bürokaufmann. Dein Großvater hatte Beziehungen, und so klappte es sofort mit der Lehrstelle. Alle waren beruhigt, der Junge war beschäftigt, und das viele Pauken vertrieb die Flausen aus seinem Kopf. Scheinbar funktionierte es auch, zumindest von außen betrachtet. Er absolvierte die Ausbildung und alle hielten es für das größte Glück, dass er übernommen wurde und auch später immer wieder nahtlos einen Job fand. Es lief eben … irgendwie. Ganz nach dem Motto ›Du weißt, was du hast, aber nicht, was du kriegst‹ gab er sich all die Jahre damit zufrieden, nicht wirklich glücklich zu sein.«

»Glaubst du wirklich, dass er so unzufrieden war?« Mario sah Paul ungläubig an.

»Was andere für Glück hielten, war für deinen Vater wie ein Gefängnis; denn er ist ein Künstler, er ist kreativ. Er ist ein Mensch, der die Abwechslung braucht, der andere begeistern möchte, sie zum Lachen und Staunen bringen will. An einem Schreibtisch sitzen, acht Stunden, fünfmal die Woche, jeden Tag das Gleiche, das hat ihn nie erfüllt.«

»Warum hat er es dann getan?«

»Man hatte ihm früh beigebracht, dass es nicht wichtig ist, ob dir dein Leben gefällt, wichtiger ist, dass es ›den Leuten‹ gefällt. Solche Gedanken legen einen Menschen schnell an die Leine.« Paul griff nach Marios Arm, zog ihn etwas hinaus aus der Masse und blieb stehen. »Weißt du, dein Vater und ich, wir waren gemeinsam in der Stadt, als er wieder mal eine Absage auf eine Bewerbung erhielt. Ich kann nicht sagen, die wievielte es war, irgendwann habe ich aufgehört zu zählen. Doch es war die erste Absage per SMS! Kannst du dir so etwas vorstellen? Unpersönlicher gehts nicht mehr, oder? Haben denn manche Menschen ihre komplette Menschlichkeit verloren? Für deinen Vater war es der Tropfen, der das Fass zum Überlaufen brachte. Weißt du, was er tat?« Mario schüttelte den Kopf und sah Paul neugierig an. »Schnurstracks ging er in ein Geschäft, kaufte sich acht Tennisbälle, stellte sich auf den Gehweg und jonglierte. Einfach so! Eine kranke Kurzschlusshandlung nannten es die einen, ein beschämendes, kindisches Verhalten nannten es die anderen. Doch wenn du mich fragst, ließ er endlich sein ›Ich‹ von der Leine. Es dauerte nur wenige Minuten, bis sich eine Traube von Menschen um ihn scharrte und ihm begeistert zusah. Seitdem ging er immer öfter auf die Straße, entwickelte sogar ein kleines Programm, in das er mittlerweile auch Seifenblasen aufgenommen hat, die er mit seinen Jonglagen verbindet.«

Irritiert hob Mario die Augenbrauen.

»Aber davon kann er doch nicht leben, oder?«

»Er hat immer Geld im Hut, mal mehr und mal weniger. Natürlich ist es eine unsichere Sache, aber was ist im Leben schon sicher? Und wenn das Leben sowieso unsicher ist, dann doch zumindest glücklich unsicher, oder?« Paul zwinkerte Mario zu, der nur noch wortlos nickte. »Nächsten Monat wird er zum ersten Mal in einem Varieté auftreten! Ich sagte ja, dein Vater hat's drauf. Aber er fragt sich natürlich, wie du darüber denkst. Was die Leute sagen ist ihm mittlerweile völlig egal, doch deine Meinung ist ihm wichtig. Das ist der

Grund, weshalb er dir noch nichts davon gesagt hat. Er traut sich nicht. Zu groß ist seine Angst vor deiner Reaktion.«

Mario schüttelte fassungslos den Kopf und fuhr sich mit gespreizten Händen durch sein Haar.

»Mit allem habe ich gerechnet, aber nicht damit. Wo ist er? Er tritt hier heute auf, stimmt's?«

Paul nickte und grinste breit. »Heute probiert dein Vater etwas Neues aus. Sieh mal!« Paul machte eine kurze Kopfbewegung zur Seite. Erst jetzt bemerkte Mario die bronzene Statue, die fast direkt vor ihnen stand. Gekleidet mit Frack und Zylinder und komplett mit goldbrauner, bronzener Farbe überzogen, die im Sonnenlicht samtig schimmerte. In ihren Händen hielt die Statue jeweils drei Kegel, die ebenfalls goldbraun glänzten. Mario sah unsicher zwischen ihr und Paul hin und her.

»Das ist ein Scherz, oder? Das ist nicht ...«, er unterbrach sich selbst und betrachtete die Statue genauer. Paul holte ein 2-Euro-Stück aus seinem Portmonee und schmiss es in den bronzefarbenen Hut, der direkt zu Füßen der Statue lag. Plötzlich löste sich ihre Starre, die Statue verbeugte sich kurz, dann begann sie zu jonglieren. Kegel wirbelten durch die Luft, so schnell, dass man ihnen kaum folgen konnte. Mal schimmerten sie hell- mal dunkelbronzen, mal glitzerten sie, dann wieder wirkten sie eher matt. Nach ungefähr einer Minute erstarrte die Statue wieder, einige der umstehenden Passanten applaudierten begeistert und warfen ebenfalls Geldstücke in den Hut.

»Hätte dein Vater seinen Job nicht verloren und eine Absage nach der anderen kassiert, er würde immer noch, gegen sein Naturell, von acht bis fünf an irgendeinem Schreibtisch versauern«, sagte Paul und sah Mario eindringlich an. »Und jetzt? Jetzt plant er sogar, in

Arnheim an einem Wettbewerb der ›Lebenden Statuen‹ teilzunehmen! Er ist wirklich glücklich. Gibst du ihm deinen Segen?«

Mario nickte, ging auf seinen Vater zu und stellte sich direkt vor ihn. Als Richard seinen Sohn erkannte, blickte er ihn mit erschrockenen, weit aufgerissenen Augen an, die, umgeben von der bronzenen Farbe, sonderbar rötlich schimmerten.

»Das ist MEIN Vater! Ein Künstler!«, rief Mario in die Menge und applaudierte kräftig. »Ich bin stolz auf dich, Papa!«

Es sah wie sich der Blick seines Vaters entspannte, und sich ein zufriedenes Lächeln auf das bronzefarbene Gesicht legte. Paul trat näher, stellte sich neben Mario und legte den Arm um seine Schulter.

»Ich glaube, wir sollten uns einem Unglück niemals kampflos ergeben; denn vielleicht ist es ja das Glück, das als Unglück maskiert daherkommt, damit wir endlich kämpfen, für das, was uns wichtig ist. Ich bin sicher, oft werden wir positiv überrascht, wenn wir uns die Mühe machen, auch mal hinter die Maske zu schauen – ob nun hinter die Maske eines Menschen oder hinter die Maske des Unglücks; denn wer weiß, vielleicht verbirgt sich dahinter das Glück …

Carlas Lächeln

Alexandra Ahlers wickelte den Blumenstrauß aus dem Papier, während sie den langen Flur des Pflegeheimes entlang ging, in dem ihre Großmutter seit ihrer Demenzerkrankung lebte. Alexandra wusste nie, was sie erwartete, wenn sie nach Wochen aus dem Ausland zurückkehrte, wo sie als Fernsehjournalistin arbeitete. Zu erleben, wie von dem, was ihre Großmutter ausmachte, mehr und mehr verschwand, machte ihr Angst. Auch jetzt war da wieder dieses Gefühl, diese besondere Mischung aus Vorfreude und Unbehagen. Sie war dankbar, dass ihre Freundin Katja, die als Pflegekraft in dem Heim arbeitete, an ihrer Seite war.

Als die beiden das Zimmer betraten, saß Carla in ihrem geliebten Ohrensessel, dessen lindgrüner Velours seine besten Zeiten hinter sich hatte. Es war unübersehbar, dass er gemeinsam mit ihr alt geworden war. Auf dem Tisch stand ein Topfkuchen, in dem eine erloschene Geburtstagskerze steckte. Die Mittagssonne schien durch das großzügige Fenster und tauchte das Zimmer in ein warmes Licht. An den Wänden hingen neben Carlas gerahmten Handstickereien unzählige Familienfotos aus längst vergangenen Zeiten, die dem Zimmer eine Seele verliehen. Mit einem wehmütigen Lächeln dachte Alexandra an die Worte ihrer Großmutter, nachdem ihr der Arzt die Vermutung einer Demenzerkrankung bestätigte. ›Im Moment sind es nur die kleinen Gauner, die Kleinigkeiten mitgehen lassen. Angst habe ich vor den großen Halunken, die, die mir irgendwann mein Leben klauen.‹ Schon immer hatte Alexandra Carlas bildhafte Art gefallen, Dinge verständlich zu beschreiben, die eigentlich nicht zu verstehen waren. Carla hatte ihr Leben auf beneidenswerte Weise gelebt, weder der Vergangenheit nachgehangen noch sich in der Zukunft verloren. Die Gegenwart war es, die sie mit all ihren Sinnen genossen hatte. Umso tragischer empfand es Alexandra, dass diese Krankheit Carla nun zwang, eine Gegenwart zu leben, die eigentlich ihre Vergangenheit war. ›Manchmal schlägt das Leben eine Tür hinter dir zu, ob du es willst oder nicht‹, hatte es Katja damals zu erklären versucht.

»Hallo Oma, alles Liebe zum Geburtstag.« Den Versuch, ihrer Großmutter einen Kuss auf die Wange zu geben, wehrte Carla mit einer ungewohnt schroffen Handbewegung ab. Alexandra schluckte. »Entschuldige, ich wollte … «

»Ich habe jetzt keine Zeit«, unterbrach Carla sie wirsch, »können Sie nicht vorher anrufen?«

»Natürlich«, entschuldigte sich Alexandra, stellte den Biedermeierstrauß aus lachsfarbenen Rosen in eine Vase und holte ihr Laptop und eine Packung Kekse aus ihrer Tasche. »Ich habe dir Zimtkekse mitgebracht.«

Carla runzelte die Stirn. »Mag ich das?«

»Es sind deine Lieblingskekse!«

Misstrauisch blickte Carla ihre Enkelin an.

»Wenn Sie's sagen.«

Alexandra legte Carla einen dunkelroten Seidenschal auf den Schoß.

»Sieh mal, Mamas Schal. Als ich klein war hast du ihn mir umgelegt, wenn ich sie vermisste. Sie sei dann ganz nah bei mir, hast du gesagt, auch wenn ich sie nicht sehen kann. Ich bin sicher, es wäre in ihrem Sinne, wenn du ihn bekommst.« Alexandra schluckte und betrachtete wehmütig das Foto ihrer verstorbenen Mutter, Carlas einziger Tochter Karin.

»Warum hast du dein Laptop mitgebracht?«, fragte Katja interessiert und holte ihre Freundin damit in die Gegenwart zurück.

»Mein Geburtstagsgeschenk.«

»Ein Laptop? Du schenkst ihr ein Laptop?« Katja riss die Augen weit auf und sah Alexandra verständnislos an.

»Natürlich nicht! Ich schenke Oma lebendige Bilder ihres Lebens. Sie empfand den Verlust ihrer Erinnerung wie einen Diebstahl. Doch auch die geschicktesten Diebe hinterlassen Spuren«, erklärte sie hoffnungsvoll. »Vielleicht findet sie ein paar Schätze der Erinnerung wieder.«

Katja schüttelte den Kopf. »Keine Chance! Du weißt, dass deine Oma oft mitten in der Nacht in unsere Küche schlich, zwei Tassen auf den Tisch stellte, Kekse verteilte und auf deine Mutter wartete. Selbst das hat sie seit Monaten nicht mehr getan. Ihr Zustand hat sich verschlimmert.«

»Die wöchentliche Teetradition der beiden«, seufzte Alexandra traurig. »Ich erinnere mich gut daran.« Katja legte tröstend den Arm um ihre Freundin.

»Den Tod deiner Mutter hatte sie schon lange vergessen – nicht aber die gemeinsamen Teestunden, ihre kostbarste Erinnerung. Doch selbst die ist nun ausgelöscht. Seitdem habe ich deine Großmutter nicht ein einziges Mal mehr lächeln sehen. Und ich finde, sie hatte das warmherzigste Lächeln der Welt. Bitte, erwarte also nicht zu viel, okay?« Liebevoll streichelte Katja über den Rücken ihrer Freundin. »Ich lasse euch zwei jetzt allein. Muss dringend schlafen. Hab gerade erfahren, dass ich die Nachtwache übernehmen muss.«

Alexandra nahm sich einen Stuhl, setzte sich neben ihre Großmutter und schaltete ihren Laptop ein. Eine Auswahl der schönsten Momente, sorgfältig zusammengeschnitten, erschien auf dem Bildschirm. Teilnahmslos verfolgte Carla die lebendigen Bilder von gemeinsamen Urlauben, Geburtstagen und Weihnachtsfesten. Weder die vertrauten Stimmen noch das ansteckende Lachen ihrer Tochter brachte Carlas einzigartiges Lächeln zurück. Katja sollte Recht behalten. Das starke Band zwischen Carla und den Menschen, die einmal ihr Leben bedeuteten, war durchtrennt. Alexandra fühlte sich wie eine Fremde, als sie ihre Großmutter zum Abendessen in den Speisesaal führte und sich von ihr verabschiedete.

Als Katja in der Nacht nach Carla sah, fand sie sie sitzend in ihrem Sessel. Vor ihr, auf dem Tisch, standen zwei Tassen, randgefüllt mit Zimtkeksen. Daneben zwei Löffel, sorgfältig platziert auf einer Serviette. In ihren Händen hielt sie den Seidenschal ihrer Tochter. Katja fielen plötzlich Alexandras Worte wieder ein und sie lächelte unter Tränen.

»Deine kostbarste Erinnerung – du hast sie dir zurückgeholt«, flüsterte sie leise und strich der alten Dame eine Strähne aus der Stirn. Carlas Augen waren geschlossen und Kekskrümel hatten sich in ihren Mundwinkeln verfangen. Zärtlich streichelte Katja über Carlas Wange. Ihre Haut war noch warm, es schien, als würde sie schlafen. Doch die alte Dame hatte diese Welt verlassen, mit einem Lächeln – Carlas Lächeln.

Ein leeres Blatt Papier

Helma saß in der Ecke ihres Sofas, ihre Beine in eine Wolldecke gewickelt, und löste ein Kreuzworträtsel. Es war zu einem Ritual geworden, das sie jeden Mittag zelebrierte. Während die meisten Mitbewohner des Altenheimes sich nach dem Essen ihren Mittagsschlaf gönnten, zerbrach sie sich hoch konzentriert den Kopf über alle möglichen Dinge. »Nicht erschrecken!«, hörte sie plötzlich jemanden rufen und zuckte zusammen.

»Meine Güte«, stieß sie hervor und schlug sich mit der Hand auf ihren Brustkorb. Musst du eine alte Tante wie mich so verjagen?«, scherzte sie und legte den Kugelschreiber auf ihrer Illustrierten ab.

»Tut mir leid«, entschuldigte sich Sascha, »aber ich habe zweimal angeklopft.« Er setzte sich zu Helma aufs Sofa und deutete mit einer Kopfbewegung auf ihr Kreuzworträtsel. »Und, kann ich Ihnen mit meiner Allwissenheit weiterhelfen?« Helma sah ihn über den Rand ihrer Brille an.

»Verrückte Idee, mit neun Buchstaben?«

»Spinnerei«, stieß er spontan hervor und grinste breit. Sie warf einen kurzen Blick auf ihr Rätsel.

»Donnerwetter! Passt!«

»Wir Pfleger haben es eben drauf. Helfen, wo wir können. Vor allen Dingen, wenn es um verrückte Ideen geht, bin ich …«

»Apropos verrückte Ideen«, fiel Helma ihm ins Wort. »In drei Wochen, an meinem Neunzigsten, bin ich nicht da. Also sollte jemand von eurer Truppe vorhaben, mir einen drögen Topfkuchen zu backen und mir ein Ständchen zu bringen, muss er es verschieben.«

»Wie, Sie sind nicht da? Wo sind Sie?«

Verschwörerisch beugte sie sich zu Sascha hinüber.

»Ich weiß noch nicht, ob es klappt«, flüsterte sie, schlug die Decke beiseite, stand auf und ging zu ihrer alten Eichenkommode hinüber. Aus der obersten Schublade holte sie einen Bogen Papier hervor und reichte ihn Sascha. »Lies mal!«

Er erkannte Helmas geschwungene Handschrift sofort, wenngleich sie mit den Jahren etwas zittrig geworden war.

»Ist nicht Ihr Ernst, oder?«, kommentierte Sascha ihre Zeilen und versuchte vergeblich, sich ein Grinsen zu verkneifen. »Das haben Sie nicht wirklich vor?«

»Und warum nicht?« Sie stemmte ihre Hände in die Hüften. »Wer sollte mich daran hindern?«

»Das sind locker zweihundert Kilometer. Wie wollen Sie dahin kommen?«

»Mit dem Wünschewagen«, erwiderte Helma wie selbstverständlich und setzte sich wieder zu ihm.

»Mit dem was?« Sascha starrte die alte Dame irritiert an.

»Dem Wünschewagen!« Ihre blassblauen Augen glänzten vor Begeisterung. »Sag bloß, du als Altenpfleger hast noch nie davon gehört.« Verständnislos schüttelte sie den Kopf. »Es ist ein Projekt des Arbeiter-Samariter-Bundes. Sie erfüllen Menschen einen Herzenswunsch«, erklärte Helma, während sie in der Illustrierten einige Seiten umblätterte und sie ihm schließlich auf den Schoß legte. »Da steht's.« Sascha las den Bericht und fuhr sich nachdenklich mit der Hand über sein Kinn.

»Das ist wirklich ein wunderbares Projekt«, sagte er schließlich, »aber, wenn ich das richtig verstehe, wird todkranken Menschen ein Herzenswunsch erfüllt.« Er sah Helma mit hochgezogenen Brauen an. »Und Sie, Frau Brunner, sind – zum Glück – gesund.«

»Soll das heißen, weil ich nicht mehr benötige als ein paar Blut-druckpillen, kommt der Wünschewagen für mich nicht infrage?« Sascha presste die Lippen fest aufeinander und nickte. Enttäuscht nahm Helma die Illustrierte zurück und legte sie beiseite.

»Dann wohl doch nur der staubige Topfkuchen«, seufzte sie. »Na ja, vielleicht gibt's ja ein Likörchen dazu, damit spüle ich ihn dann runter. Aber eines sage ich dir«, demonstrativ hob sie ihre Augen-brauen und sah Sascha über den Rand ihrer Brille an, »wenn irgend-einer von euch anfängt zu singen, laufe ich davon.«

»Ach, Frau Brunner, seien Sie doch keine Spielverderberin«, erwi-derte Sascha grinsend und zwinkerte der alten Dame liebevoll zu. Dann fiel sein Blick noch einmal auf den Papierbogen, den ihm die alte Dame anfangs gegeben hatte. »Ich wusste gar nicht, dass Sie es noch tun.«

Helma runzelte die Stirn. »Das ich was noch tue?«

»Dass Sie Ihre Wünsche noch so haarklein aufschreiben.«

»Warum denn nicht? Ich habe es ein Leben lang getan. Nur weil ich jetzt alt bin, soll ich damit aufhören? Schriftsteller, Dichter, viele von ihnen schreiben bis ins hohe Alter. Ich genieße es, wenn dieses leere Blatt Papier vor mir liegt und mir Raum gibt, meine Wünsche niederzuschreiben.« Interessiert sah sie Sascha an. »Und? Machst du es regelmäßig, mein Junge?«

»Ehrlich gesagt, bin ich noch nicht dazu gekommen. Aber irgend-wann werde ich es in Angriff nehmen. Versprochen!« Ihm war klar, dass er ihr Lieblingsthema angeschnitten hatte. So leicht würde sie ihn nicht davonkommen lassen.

»Ich habe es dir doch schon so oft erklärt«, fuhr sie wie erwartet fort. »Es reicht nicht, wenn deine Wünsche wirr im Kopf herum-schwirren. Sie müssen Gestalt annehmen! Bringe deine Wünsche zu

Papier, dann kannst du sie sogar in den Händen halten. Das kann dir viel Kraft geben, wenn es mit der Erfüllung mal ein wenig länger dauert.«

»Sie haben vollkommen recht, Frau Brunner. Ich werde es ausprobieren. Ganz bestimmt!«

Erneut stand Helma auf, ging zur Kommode und holte aus einer der Schubladen einen Schreibblock heraus. »Den schenke ich dir. Wie oft und mit welchen Wünschen du die Seiten füllst, liegt allein in deiner Hand. Aber ich wünsche dir von Herzen, dass du noch viele solcher Blöcke brauchst und am Ende deines Lebens kein leeres Blatt Papier mehr übrig ist.«

»Ich danke Ihnen, Frau Brunner. Das ist lieb von Ihnen.« Er lächelte gerührt, dann warf er einen kurzen Blick auf seine Uhr und stand auf. »Ich muss jetzt leider weiter. Man wird mich schon vermissen.« In der Tür drehte er sich noch einmal um. »Und was Ihren Geburtstagsausflug betrifft. Seien Sie nicht enttäuscht, sondern lieber dankbar, dass Sie den Wünschewagen nicht benötigen«, versuchte er sie zu trösten. »Ich denke, jeder, der diesen Wagen in Anspruch nehmen muss, würde sofort mit Ihnen tauschen.« Dann nickte er ihr kurz zu und schloss die Tür.

Als Helma am Morgen ihres Geburtstages den Speisesaal betrat, erwartete sie ein liebevoll dekorierter Tisch. Einige Bewohner hatten sich versammelt und trällerten hingebungsvoll das befürchtete Geburtstagsständchen. Neben Helmas Frühstücksteller stand eine Vase mit roséfarbenen Tulpen und der legendäre Topfkuchen, auf dem eine Kerze brannte.

»Ein Kuchen!« Gespielt überrascht klatschte sie in die Hände. »Auf den habe ich mich besonders gefreut!«

»Sie schwindeln«, flüsterte Sascha, der plötzlich neben ihr auftauchte.

»Sascha!«, rief sie freudig aus. »Was machst du denn hier? Ich dachte, du hast heute deinen freien Tag.«

»Also ich bitte Sie, Frau Brunner!« Gespielt entsetzt schüttelte er den Kopf. »Sie glauben doch nicht, dass ich mir diesen leckeren Kuchen entgehen lasse!«

Helma grinste und stemmte die Hände in die Hüften.

»Wie früher, als du ein kleiner Junge warst. Wenn es bei uns Kuchen gab, hast du das zehn Meilen gegen den Wind gerochen. Hat sich anscheinend bis heute nicht geändert.« Sie setzten sich, Helma schnitt den Kuchen an und reichte Sascha ein Stück. »Lass es dir schmecken. Ich esse heute Nachmittag etwas davon.«

»Aber nur, wenn's dazu ein Likörchen gibt«, sagte er leise und zwinkerte ihr zu. Helma grinste verschworen und zwinkerte zurück.

»Nun werden wir erstmal gemeinsam frühstücken«, erklärte sie, sah kurz in die Runde und erntete zustimmendes Kopfnicken.

»Langsam wird's Zeit, Frau Brunner«, mahnte Sascha nach einer Weile und sah Helma auffordernd an.

»Zeit?« Fragend hob sie die Augenbrauen. »Zeit wofür?« Er ignorierte die Frage und reichte der alten Dame seinen Arm.

»Darf ich bitten.« Helma sah ihn irritiert an, stand auf und hakte sich bei ihm unter. Gemeinsam gingen sie den langen Flur entlang, der zum Ausgang führte. Als sie durch die gläserne Schiebetür ins Freie traten, deutete Sascha mit einer Kopfbewegung zum Parkstreifen. Dort stand er, sein dunkelblauer Corsa, an dessen Fahrerseite große gelbe Buchstaben klebten: ›Helmas Wünschewagen‹.

»Das glaub ich nicht«, stieß sie hervor. Sie ließ Saschas Arm los und schlug sich mit der flachen Hand auf ihre Wange.

»Bis Binz brauchen wir ungefähr zweieinhalb Stunden«, erklärte er. »Reiseproviant befindet sich bereits im Wagen. Allerdings habe ich eine Bitte, Frau Brunner. Heute werden es auf Rügen gerade mal um die 19 Grad. Den Punkt ›Schwimmen im Meer‹ streichen wir von Ihrer Wunsch-Liste, okay?«

»Einverstanden«, erwiderte Helma, immer noch wie benommen vor Freude.

»Na dann. Auf geht's! Rügen wir kommen!«

Entgegen Saschas Befürchtungen war die Autobahn frei. Nach knapp zwei Stunden standen sie bereits in Binz auf einem Parkplatz. Es war nur ein kurzer Fußweg zum Strand, den Helma problemlos zurücklegte. Ihre Augen strahlten, als sie die Ostsee erblickte, über die sich ein wolkenfreier Himmel wölbte, an dem Möwen elegant ihre Kreise zogen.

»Viel ist noch nicht los«, sagte Sascha, während er die Strandkörbe mit ihren gelb-weiß gestreiften Auflagen betrachtete. »Anfang Juni, die Urlaubszeit beginnt gerade erst.« Er warf der alten Dame einen besorgten Blick zu. »Der Wind ist noch ziemlich frisch. Wie wär's mit einem Kopftuch?«

»Niemals! Ich liebe es, wie mir der Ostseewind um die Ohren weht. Fühlt sich herrlich an«, schwärmte sie glückselig und atmete tief durch. Ihre Wangen überzog eine zarte Röte, weißgraue Strähnen hatten sich aus ihrem Haarknoten gelöst und wehten ihr ins Gesicht.

»Na gut, aber Sie lassen mich wissen, wenn Ihnen kalt wird. Versprochen?«

»Jawohl Chef«, erwiderte sie gespielt militärisch. Sascha schmunzelte und schüttelte leicht den Kopf. Gemeinsam stapften sie weiter durch den Sand, bis er plötzlich an einem der Strandkörbe stehenblieb. »Den habe ich für uns gemietet.«

»Wie bitte?«, stieß Helma hervor und zog die Stirn kraus. »Wenn du meine Zeilen genau gelesen hättest, wüsstest du, dass ich im Sand sitzen möchte. Du hast mir schon das Schwimmen von meiner Wunschliste gestrichen«, wandte sie ein, »aber im Sand sitzen ist doch wohl erlaubt. Oder befürchtest du, dass ich nicht wieder hochkomme?« Sie versetzte ihm mit ihrem Gehstock einen leichten Hieb und kicherte kurz. »Wozu habe ich denn meinen persönlichen Altenpfleger dabei?«

Sascha hob beschwichtigend beide Arme. »Okay, Sie sind der Boss! Dann hocken wir uns eben neben den Strandkorb«, schlug er vor. »Einverstanden?«

»Nix dagegen! Solange mein knochiger Hintern den Ostseesand spürt, bin ich dabei.« Sascha rollte mit den Augen und half der alten Dame, sich zu setzen. »Die Sonne hat schon Kraft, der Sand ist lauwarm«, stellte Helma fest., während sie behutsam mit ihren Händen über den feinen Sand strich. Sie wölbte ihre Hand und nahm etwas Sand auf. »Und er ist so herrlich weich«, schwärmte sie verträumt und ließ die winzigen Körner durch ihre Finger rieseln. »Wenn ich dir einen Rat geben darf, mein Junge. Genieße das Leben! Jeden Tag! Mit all deinen Sinnen! Wenn du jung bist, erscheint dir das Leben unendlich lang, doch es geht alles so rasend schnell vorbei.« Sie schob die Ärmel ihrer Windjacke hoch und genoss die frische Brise, die über ihre Haut strich. Einige Minuten saßen sie schweigend nebeneinander, bis Helma von ihren zahlreichen Urlauben zu erzählen begann, die sie mit ihrem Mann auf Rügen verbracht hatte. Einer der Gründe, weshalb sie diese Insel so sehr liebte. Obwohl Sascha bereits die ein oder andere Geschichte kannte, hörte er ihr geduldig zu. Doch dann unterbrach sie sich plötzlich selbst, schlüpfte aus ihren Schuhen, zog die Socken aus und krempelte beide Hosenbeine hoch bis zu den Knien.

Irritiert hob Sascha die Augenbrauen. »Was wird das?«

»Ich möchte in der Brandung spazieren gehen? Wenn ich das auch nicht darf, springe ich in voller Montur ins Meer, da kenn ich nix.«

»Das glaube ich Ihnen aufs Wort.« Er nickte kapitulierend und half der alten Dame hoch.

»Huiiii«, stieß sie hervor, als ihre Füße von der kräuselnden weißen Gischt umspült wurden. »Noch ganz schön kalt. Aber das macht nichts.« Genüsslich setzte sie einen Fuß vor den anderen. Immer, wenn das Wasser zurücklief, quoll der nasse Sand zwischen ihren Zehen hervor. »Fühlt sich toll an! Als ginge man auf Regenwolken spazieren. Diesen Matsch habe ich schon als Kind geliebt«, erklärte sie grinsend. Sascha schüttelte den Kopf.

»Frau Brunner, Sie sind 'ne echte Marke.«

Während sie am Strand entlang schlenderten und Helma den Matsch unter ihren Füßen sichtlich genoss, blieb Sascha die Gänsehaut auf ihren Unterarmen nicht verborgen.

»Lassen Sie uns zurückgehen und etwas Heißes trinken«, schlug er nach einer Weile vor. »Ich habe eine Thermoskanne mit Ihrem geliebten Darjeeling dabei. Wie wär's?«

»Hört sich verführerisch an«, stimmte sie bereitwillig zu.

Nachdem die beiden zu ihrem Strandkorb zurückgekehrt waren, zog Sascha ein Handtuch aus seiner Badetasche, trocknete Helmas Füße ab und griff nach ihren Socken.

»Nun stopfen Sie mich bloß nicht in diese Dinger, junger Mann«, protestierte sie umgehend und bohrte ihre Füße ganz langsam in den Sand. »So ist es doch viel schöner. Es fühlt sich an wie eine Massage.« Sascha stieß einen resignierenden Atemzug aus und legte die Socken zurück.

»Sie sind ein hoffnungsloser Fall«, stöhnte er, holte die Thermoskanne und einen Becher aus seiner Tasche, goss Helma den Tee ein und reichte ihn ihr. Sofort wölbte die alte Dame ihre Hände um den warmen Becher.

»Glaub ja nicht, dass ich friere«, kommentierte sie energisch seinen besorgten Blick. »Aber ich muss zugeben, die Wärme tut gut. Kribbelt herrlich in den Fingern.« Sascha quittierte ihre Worte mit einem Grinsen, während er zwei Tupperdosen öffnete.

»Nudelsalat und Frikadellen. Die Frikadellen gibts allerdings auf der Faust. Ich habe die Messer vergessen und …«

»Danke«, seufzte Helma plötzlich und legte ihre Hand auf seinen Unterarm.

»Bedanken Sie sich nicht zu früh. Wer weiß, wie's schmeckt.«

»Ach mein Junge, ich meine nicht das Essen. Ich danke dir für diesen Tag. Es ist nicht selbstverständlich, dass du deine Freizeit für mich opferst.«

»Sehen Sie es als Geschenk zum Neunzigsten!«

Helma lachte kurz auf. »Na, das hättest du dir auch leichter machen können. Hättest mir ein paar Blumen in die Hand gedrückt und wärst wieder davongerauscht.«

»Frau Brunner, knapp 16 Jahre haben Sie mich Rabauken über sich ertragen. Bin mir sicher, Sie bereuten an so manchem Tag, dass meine Eltern die Wohnung direkt über Ihnen bekommen hatten.« Er rollte mit den Augen. »Ich habe echt viel Blödsinn verzapft.«

Helma winkte ab. »Harmlose Lausbubenstreiche.«

»Na, ob die immer so harmlos waren? Für das ein oder andere Ding würde mir meine Mutter heute noch, mit Ende zwanzig, Hausarrest erteilen. Aber Sie haben mich nie verpfiffen – nicht ein einziges Mal! Erinnern Sie sich nur mal daran, als meine Eltern übers Wochenende nach Hamburg fuhren und ich zum ersten Mal sturmfrei hatte. Die Party mit meinen Kumpels, mein erster Alkohol!« Sascha schüttelte gedankenverloren den Kopf. »Alter, war mir schlecht. Dann bin ich auf den Balkon und habe von oben runterge…« Helma hob warnend die Hand.

»Bitte keine Details. Ich erinnere mich lebhaft.«

»Sorry.« Er zog eine Grimasse. »Jedenfalls hatte ich mit einer tierischen Standpauke gerechnet, als Sie mich damals zu sich runterzitierten. Aber was machen Sie? Drücken mir wortlos einen Schrubber und einen Eimer Wasser in die Hand. Damit war die Sache für Sie erledigt. Ganz ehrlich, meine Mutter hätte mich gelyncht, wenn sie davon erfahren hätte. Also, wenn hier jemand zu danken hat, dann bin ich es.« Er zwinkerte ihr liebevoll zu und reichte ihr den Teller. »Und nun lassen wir es uns schmecken. Oder ist Ihnen der Appetit vergangen, weil ich sie an diese Geschichte erinnert habe?«

»Papperlapapp!« Helma winkte energisch ab. »Ich und keinen Appetit! Das wirst du nicht erleben, mein Junge.«

»Könnten wir der Seebrücke noch einen Besuch abstatten?«, fragte Helma, nachdem sie gegessen hatten. »Ich würde diese Brücke so gerne noch einmal sehen.«

»Natürlich! Warum sollten wir das nicht können, Frau Brunner? Es sind doch nur ein paar Meter Fußweg. Und – wie Sie wissen – ist Ihr Wunsch mir heute Befehl«, scherzte er und reichte ihr galant seinen Arm. Helma hakte sich unter und gemeinsam spazierten sie los.

»Traumhaft«, seufzte sie, als die beiden die Brücke betraten. Sie löste sich von Saschas Arm und stützte sich auf ihren Stock, während sie mit der anderen Hand fast zärtlich auf dem hölzernen Geländer entlang strich. »Das Holz fühlt sich ziemlich rau an. Aber diese Brücke hat auch einige Jahre auf dem Buckel, genauso wie ich alte Tante. Meine Haut ist ja auch nicht mehr taufrisch«, scherzte sie und lachte. »Dieser Tag am Meer … er ist genau so, wie ich ihn mir gewünscht habe. Der weiche Sand, das Wasser. Der Matsch zwischen meinen Zehen hat sogar Kindheitserinnerungen geweckt!« Sie ließ ihren Blick über das Meer schweifen und nickte leicht. »Von all dem werde ich lange zehren können.« Dann schloss sie ihre Augen und genoss ihn noch einmal – den frischen Seewind auf ihrer Haut.

Das blaue Fest

Genervt warf Michaela einen Blick auf ihre Uhr. Langsam wurde es Zeit, wenn sie noch einen vernünftigen Platz im Restaurant kriegen wollten. Entschlossen stand sie auf, ging zum Badezimmer ihrer Schwester und klopfte an die Tür.

»Sandra, bist du endlich soweit? Oder bist du durch den Abfluss gerutscht?«

»Äußerst witzig«, erwiderte ihre Schwester genervt. »Hör auf zu drängeln und komm rein.« Michaela öffnete die Tür. Feuchtwarme Luft schlug ihr entgegen, in der der leicht blumige Duft von Sandras Duschgel lag. Nur mit ihrer Unterwäsche bekleidet, saß ihre Schwester auf dem Wannenrand und telefonierte. »Kein Problem Frau Franke, das mache ich sehr gerne. Dann bis gleich. Auf Wiederhören.«

»Bis gleich?«, wiederholte Michaela irritiert und trat näher. »Wieso bis gleich?«

»Sorry, wir müssen unser Essen verschieben.« Mit großen Augen sah sie Michaela an. »Du glaubst nicht, wie lange ich schon auf diesen Auftrag gewartet habe.« Wie ein Teenager zappelte sie wild mit den Armen herum und klatschte schließlich in die Hände. »Das ist so absolut genial!«

»Und weißt du, wie oft wir schon dieses gemeinsame Essen geplant haben? Ist nicht das erste Mal, dass du kurzfristig absagst.«

»Michaela, wenn die Kundin diese Wohnung kauft, ist eine fette Provision für mich drin«, erklärte Sandra. Dann ließ sie ihre Schwester einfach stehen und verließ das Bad. »Das Essen holen wir irgendwann nach«, fügte sie hinzu, während sie ins Schlafzimmer eilte.

»Ach? Tun wir das?«, rief Michaela ihr hinterher und folgte ihr kopfschüttelnd. »Und dass ich mich auf unseren Abend gefreut habe, ist dir egal?«

»Natürlich ist es mir nicht egal. Tut mir auch wirklich leid.« Sandra öffnete den Kleiderschrank, zog ein dunkelblaues Kleid von einem der Bügel und schlüpfte hinein. »Mein Job hat momentan Priorität!«

»Momentan?« Erbost riss Michaela die Augen auf. »Wie lange dauert es denn noch an, dieses *Momentan?*«

»Es dauert so lange, wie's eben dauert, Schwesterherz. Übrigens, morgen schaffe ich es erst so um 20 Uhr herum« erklärte sie, während sie ihr langes braunes Haar mit einem silberfarbenen Clip elegant am Hinterkopf feststeckte.

Michaelas grüne Augen blitzten gefährlich auf.

»Das ist jetzt nicht wahr, oder? Morgen feiert Papa seinen 75. Geburtstag! Der Empfang ist um sechs, und nicht *so um 20 Uhr herum*«, äffte sie ihre Schwester nach.

»Meine Güte, ich komme eben etwas später. Mach kein Drama daraus!«

»Du weißt ganz genau, wie wichtig Papa dieser Empfang ist. Er möchte seine Familie dabeihaben.« Michaela machte eine bedrohliche Pause und sah Sandra eindringlich an. »Seine ganze Familie«, zischte sie zwischen zusammengebissenen Zähnen.

Sandra rollte genervt mit den Augen.

»Papa wird's schon verstehen.«

»Merkst du eigentlich, dass sich dein Leben nur noch um Arbeit dreht? Ganz ehrlich, du hast dich zu einem Workaholic entwickelt.«

»ICH? ... Ein Workaholic?«

»Ja! DU! Ein Workaholic!«

»Blödsinn! Nur weil ich Karriere machen will? Du weißt ganz genau, dass ich so schnell wie möglich mein eigenes Maklerbüro eröffnen möchte. Was ist schlimm daran?« Nachdenklich betrachtete sich Sandra im Spiegel. »Macht mich dieses Blau zu blass?«

»Ist das jetzt dein größtes Problem?« Verständnislos schüttelte Michaela den Kopf und betrachtete widerwillig das Kleid. »Das Blau ist okay, aber etwas zu …« Michaela stockte.

»… dunkel?«, vollendete Sandra ungeduldig den Satz.

»Nein, aber …«

»Nein, aber was?«

»Melanie feiert am nächsten Samstag ein Gartenfest. Ich möchte, dass du mich begleitest.«

»Ich? Zu deiner Freundin?«, Sandra riss die Augen auf. »Warum sollte ich?«

»Weil du mir was schuldig bist. Erinnerst du dich? Letztes Jahr? Als dich dein Rainer mitten in der Nacht verlassen hat! Ich habe alles stehen und liegen gelassen und bin sofort zu dir gekommen. Nur, um dich zu trösten.«

Sandra grinste breit. »Na, hallo! Dafür ist eine kleine Schwester da.«

»Mag sein, aber du sagtest, dass ich dafür etwas gut hätte bei dir«, erinnerte Michaela sie und zog gespielt arrogant eine Augenbraue hoch. »Also, trage es dir am besten sofort ein: Um fünf wird der Grill angeschmissen. Ich denke, kurz vorher sollten wir eintrudeln.« Sichtlich genervt griff Sandra nach ihrem Handy und öffnete den Kalender.

»Es gibt ein Problem. Die Uhrzeit passt mir nicht so gut, weil …«, Sandra stockte, als sie hochsah und sie Michaelas vorwurfsvoller

Blick traf. »Okay, ich schaue, was sich machen lässt«, versicherte sie kleinlaut.

»Ich hole dich ab. Um halb fünf. Und keine Minute später«, betonte sie eindringlich und warf ihrer Schwester einen ernsten Blick zu. »Werde im Auto auf dich warten. Und jetzt verschwinde ich, damit ich deiner Karriere nicht länger im Weg stehe«, fügte sie sarkastisch hinzu und verließ das Zimmer. »Ach, beinahe hätte ich es vergessen! Es gibt eine Kleiderordnung!«, rief sie ihr noch von der Wohnungstür aus zu. »Bitte ganz in Blau, von Kopf bis Fuß«, erklärte sie und schloss die Tür hinter sich.

Pünktlich um halb fünf stand Michaela vor dem Haus und stieß einen kurzen Pfiff aus, als sie Sandra kommen sah.

»Wow! Und ich in Jeans und Turnschuhen. Neben dir sehe ich aus wie Aschenputtel.«

Sandra warf einen kurzen Blick auf ihre Pumps.

»Sorry, ich besitze nun mal keine blauen Turnschuhe.«

»Die würden auch nicht zu diesem Traum von blauem Chiffon passen.« Michaela mimte einen Chauffeur, verbeugte sich kurz und öffnete galant die Wagentür. »Darf ich bitten, die Dame.«

»Sehr witzig, Schwesterherz« Sandra rollte mit den Augen und stieg ein. »Ich muss heute noch ein Exposé vorbereiten«, erklärte sie nachdem Michaela losgefahren war. »Darum werde ich mir sofort nach dem Essen ein Taxi nehmen und eure elustre Runde verlassen. Den ganzen Abend mit euch zu verpulvern, kann ich mir wirklich nicht leisten.«

»Du verpulverst also deine Zeit, wenn du ein paar Stunden mit deiner Schwester verbringst und mal …« Das Signal einer SMS unterbrach Michaela, und Sandra begann sofort, auf ihrem Handy herum zu tippen.

»Sorry, ist eine Nachricht, auf die ich schon den ganzen Tag gewartet habe.«

»Leg doch mal für ein paar Stunden dieses blöde Ding aus der Hand.« Michaela schlug mit ihrer Hand energisch auf das Lenkrad. »Können wir nicht einmal zusammen sein, ohne, dass du nebenbei Nachrichten bearbeitest oder irgendwelche dämlichen Mails liest?« Sandra schwieg, starrte auf ihr Handy und nickte nur abwesend. »Hallooo? Ich habe dich was gefragt! Wann haben wir uns zuletzt in Ruhe unterhalten, ohne, dass dein Telefon bimmelte? Du gibst einem das Gefühl, nicht wichtig für dich zu sein. Was ist aus der Schwester geworden, mit der ich über meine Sorgen sprechen konnte, mit der ich Spaß hatte?«

»Also bitte!« Entrüstet hob Sandra ihren Blick. »Ich mache doch heute voll auf Lady Blue und begleite dich, oder etwa nicht? Allerdings kann ich mir von Spaß allein leider nichts kaufen. Man braucht Kapital, wenn man sich selbstständig machen will und ...«

»Geld ist nicht alles, Sandra.«

»Oh bitte ...«, Sandra verzog das Gesicht zu einer Grimasse, »... bitte erspare mir die ›Geld ist nicht alles‹ - Predigt. Erkläre mir lieber, was es mit dieser albernen Kleiderordnung auf sich hat.«

»Sandra!« Michaela bremste scharf, fuhr rechts ran und stellte den Wagen aus. »Einverstanden, reden wir nicht über Geld, reden wir über dein Privatleben, reden wir über Freunde. Hast du eigentlich noch welche?« Michaela fuhr ihr Seitenfenster hinunter, zündete sich eine Zigarette an, nahm einen tiefen Zug und blies den Rauch aus dem Fenster. »Ich meine, echte Freunde«, fuhr sie fort, »solche, die du mitten in der Nacht anrufen kannst, wenn es dir schlecht geht. Die dir zuhören oder sich sofort auf den Weg zu dir machen. Solche Freunde kannst du dir nämlich mit all deiner Kohle nicht kaufen.«

»Stimmt, die ›Freunde sind wichtig‹ - Predigt gibt es ja auch noch«, stellte Sandra genervt fest und rollte mit den Augen.

»Deine Beziehung mit diesem stinkreichen Rainer hat dir nicht gutgetan. Du bist in Geld geschwommen, das hat dich verändert. Seit er dich verlassen hat, bist du nur noch am Malochen.« Michaela zog ein letztes Mal an ihrer Zigarette und schnippte die Kippe anschließend aus dem Fenster. »Irgendwann wirst du aufwachen und feststellen, dass dir außer deiner Arbeit nichts geblieben ist und …« Michaela verstummte als Sandras Handy klingelte und warf ihrer Schwester einen vorwurfsvollen Blick zu. »So viel zum Thema ›In Ruhe reden‹!« Verständnislos schüttelte sie den Kopf, als ihre Schwester das Telefonat trotz ihrer Standpauke annahm. »Du kannst einem nur noch leidtun«, seufzte Michaela, ließ den Wagen an und fuhr weiter. Erst als sie vor Melanies Haus parkte, beendete Sandra das Gespräch, steckte ihr Handy in ihre Handtasche und warf einen Blick aus dem Seitenfenster.

»Oh – mein – Gott!«, stieß sie begeistert hervor. »Das nenne ich ein Traumhaus! 380.000 Euro schätze ich über mal so über den Daumen. Melanie ist ja ein echter Glückspilz «

»Ein teures Haus macht Melanie also zu einem Glückspilz?«

»Glückspilz ist noch untertrieben«, schwärmte Sandra.

Michaela fuhr sich mit gespreizten Fingern durch ihr Haar und schloss kurz die Augen. »Es ist zwecklos«, stöhnte sie, schüttelte den Kopf und beschloss, das Thema zu wechseln. »Es sind schon alle da.« Mit einer Kopfbewegung deutete sie auf die beiden Autos, die vor der Garage parkten. »Lass uns reingehen.«

Verwundert riss Sandra die Augenbrauen hoch.

»Wie bitte? Mehr Gäste kommen nicht?«

»Nein, wir sind nur zu fünft. Wir beide, Britta, Vanessa und Melanie natürlich.«

»A-ha«, irritiert sah Sandra ihre Schwester an. »'Ne ziemlich kleine Runde. Wieso wir ganz in Blau kommen müssen, weiß ich übrigens immer noch nicht.« Sandra sah Michaela auffordernd an.

»Dass wir ganz in Blau kommen sollen, ist Brittas Idee gewesen, nachdem sie einen Bericht über die ›British Red Hatters‹ gelesen hatte. Es sind Frauen aus Liverpool, alle 50 oder älter, die bei ihren Treffen ausschließlich Lila tragen – mit Ausnahme ihrer Hüte, die sind knallrot.«

»Und was soll das?« Sandra runzelte die Stirn.

»Sie wollen mit den kräftigen Farben ihre Lebensfreude ausdrücken. ›Leben, lieben, lachen‹, so lautet ihr Lebensmotto. Britta war davon begeistert.«

»Und wieso tragen wir dann Blau?«

»Britta beschäftigte sich daraufhin mit der Bedeutung von Farben und fand heraus, dass Blau Treue, Zusammenhalt und Freundschaft symbolisiert. Das brachte sie auf die Idee, heute, am 30. Juli, ein ›Blaues Fest‹ zu feiern.«

»Warum ausgerechnet heute?«

»Der 30. Juli ist der Tag der Freundschaft!«

»Aber ich bin nicht eure Freundin. Wieso bin ich hier?«

»Weil du meine Schwester bist, ich dich liebe und mir Sorgen um dich mache. Du hast dich verändert, Sandra, du kennst nur noch den Wert des Geldes. Auf mich hörst du nicht. Doch vielleicht kann Melanie dich an den Wert der Freundschaft erinnern. Wenn du nämlich so weitermachst, hast du bald keine Freunde mehr.«

»Melanie?« Verwundert kräuselte Sandra die Stirn. »Warum ausgerechnet Melanie? Weil sie arbeitet *und* Freunde hat?«

Michaela schluckte schwer.

»Nein, weil sie Freunde und Leukämie hat.« Eine bedrückende Stille setzte ein. Sandra starrte ihre Schwester an, als hätte sie sie nicht verstanden. »Vor ungefähr einem halben Jahr erhielt sie die Diagnose und ...«

»Warum hast du mir nie davon erzählt?«, unterbrach Sandra sie entsetzt.

»Das wollte ich ja. Natürlich wollte ich mit jemanden darüber reden. Und am liebsten mit dir. Erinnerst du dich ..., der Abend, an dem ich völlig aufgelöst zu dir kam und sagte, ich sei furchtbar traurig?« Sandra nickte stumm. »Dann kam dein Rainer nach Hause mit der Einladung zu einer Einweihungsfeier bei diesem Immobilienbonzen aus Frankfurt. Du warst völlig aus dem Häuschen, musstest sofort hochwichtige Telefonate führen. Dass mir etwas auf dem Herzen lag, hattest du sofort vergessen.«

»Es tut mir so leid«, sagte sie leise und schaute verlegen zur Seite. »Diese ... diese Krankheit, also diese ... diese Leukämie meine ich, da gibt es doch Blutspender, oder nicht?«, stammelte Sandra.

»Was denkst du?« Michaela lachte zynisch. »Dass Melanie ihr Checkbuch zückt und sofort stehen geeignete Stammzellenspender parat?«

»So habe ich es nicht gemeint, aber ...«

»Lass uns reingehen. Melanie wird dir alles erzählen«, fiel Michaela ihrer Schwester ins Wort und die beiden stiegen aus.

Gemeinsam gingen sie den schmalen Kiesweg entlang, der hinter das Haus in den Garten führte. Blaue Lampions hingen in den Kirschbäumen, Windlichter aus blassblauem Glas zierten den perfekt gepflegten Rasen, der gesäumt war von Beeten mit bunten Sommerblumen. Neben hochgewachsenen, feuerroten Gladiolen blühten rosafarbene Margeriten, orangefarbene Lilien und blauviolette Hortensien. Unter einem großen Sonnenschirm stand ein Tisch, eingedeckt mit einer dunkelblauen Decke und weißem Geschirr. Ein Strauß blauer Vergissmeinnicht in einer dickbauchigen weißen Kugelvase rundete das Bild ab. Etwas abseits, im Schatten einer der Kirschbäume, saß Melanie in ihrem Rollstuhl und las.

»Sie kann laufen, doch sie ist sehr schwach«, erklärte Michaela, als sie Sandras fragenden Blick sah. »Wir haben darauf bestanden, dass sie jede unnötige Anstrengung vermeidet, darum besorgten wir ihr einen Rollstuhl.« Sandra nickte verständnisvoll und wischte sich mit dem Handrücken eine Träne von der Wange.

»Es tut mir unendlich leid, das musst du mir glauben.«

»Nun geh schon zu ihr.« Michaela versetzte ihrer Schwester einen leichten Schubs in die Seite. »Sie mag dich und freut sich darauf, dich wiederzusehen.«

»Willst du mich Gefühlslegasthenikerin wirklich auf Melanie loslassen? Bist du dir sicher?«

»Deine Tränen lassen mich hoffen«, erwiderte Michaela schmunzelnd und legte versöhnlich ihren Arm um die Schultern ihrer Schwester. »Ich gönne dir deinen beruflichen Erfolg, Sandra, aber pass auf, dass dir deine Herzenswärme dabei nicht flöten geht, okay?« Sandra lächelte bitter und nickte stumm.

Mit einem mulmigen Gefühl ging sie zu Melanie hinüber und erschrak, als sie schließlich vor ihr stand und ihr blasses Gesicht sah. Tiefe, dunkle Schatten lagen unter ihren Augen, ihr Lächeln wirkte erschöpft. In ihrem hellblauen Sommerkleid und mit dem blaugeblümten Kopftuch sah sie so zerbrechlich aus wie eine Porzellanpuppe.

»Herzlich willkommen zu unserem Blauen Fest, meine Liebe. Ich freue mich, dass du gekommen bist«, begrüßte Melanie sie freundlich. »Es ist schon eine Weile her. Ich glaube, zuletzt haben wir uns auf Michaelas Geburtstag gesehen, richtig?«

»Stimmt! Vor einem dreiviertel Jahr, auf Michaelas Dreißigsten«, bestätigte Sandra und setzte sich auf einen der Stühle, die passend zum Motto mit hellblauen Hussen überzogen waren.

»Hat Markus den Garten nicht schön geschmückt? Mein Mann hat wirklich Geschmack.« Sandra nickte stumm. Nach Smalltalk war ihr so gar nicht zumute, doch andererseits – was sollte sie sagen? »Erschrocken?«, fragte Melanie, als konnte sie Sandras Gedanken lesen. »Ich weiß, ich habe mich seit Michaelas Geburtstag ziemlich verändert.« Verlegen zupfte sie an ihrem Kopftuch. »Diese Krankheit hat ein einnehmendes Wesen. Meine blonde Mähne ist ihr zum Opfer gefallen und ...«, sie klopfte sich einige Male mit der flachen Hand auf ihre blassen Wangen, »... meine rosige Gesichtsfarbe ebenfalls.«

»Es tut mir so leid, Melanie. Ich wäre in den letzten Monaten bestimmt mal vorbeigekommen. Mein Job ist wahnsinnig stressig, ich habe so wenig Zeit, aber ich hätte dich ganz sicher besucht, hätte ich gewusst ... also hätte ich gewusst, dass du ...«

»... dass ich sterben werde?« Melanie lächelte zynisch. »Eine solche Nachricht ändert plötzlich die Sicht auf die Zeit, die uns zur Verfügung steht, nicht wahr?« Melanie atmete tief durch. »Geht mir genauso«, fügte sie leise hinzu. Sandra schluckte schwer und ließ ihren Blick durch den Garten wandern, während sie verzweifelt nach einem unverfänglichen Thema suchte. Dann sah sie Michaela,

Britta und Vanessa bei Markus am Grill stehen. Die vier amüsierten sich köstlich. Sie alberten herum und lachten.

»Den Tag der Freundschaft zu feiern, das ist wirklich eine wundervolle Idee von Britta.«

»Ja, das ist es«, stimmte Melanie zu. »Eigentlich sollte das Fest bei ihr stattfinden. Doch ich bestand darauf, es auszurichten. So habe ich die Möglichkeit, mal etwas zurückzugeben. Es ist ein kleines Dankeschön an meine Mädels. Ohne sie hätte ich schon lange aufgegeben. Nächtelang haben sie mir in den letzten Monaten zugehört, wenn mich das heulende Elend überkam. Haben mit mir geschwiegen, geweint und unter Tränen gelacht. Und als wäre es das Selbstverständlichste der Welt, kümmern sie sich auch noch um Markus.« Gedankenverloren sah sie zu ihrem Mann hinüber. »Diese Krankheit überfordert ihn so manches Mal, auch wenn er es nie zugeben würde.

»Es muss sehr schwer für ihn sein«, stimmte Sandra zu und folgte Melanies Blick. Sie sah, wie Markus jedem der Mädels – wie Melanie ihre Freundinnen nannte – ein Glas Sekt eingoss.

»Die Vier dort drüben haben das fast Unmögliche möglich gemacht«, erzählte Melanie weiter und Sandra wandte sich ihr wieder zu. »Gemeinsam haben sie zwei Spendenaufrufe organisiert. Erfolglos. Doch aufgeben war keine Option. Sie starteten einen dritten Versuch und haben doch tatsächlich einen geeigneten Stammzellenspender gefunden. In den kommenden Wochen muss ich einige Untersuchungen über mich ergehen lassen. Dann erfolgt die Transplantation.«

»Das hat mir Michaela gar nicht erzählt.« Sandra atmete erleichtert auf. »Das ist doch fantastisch.«

»Wir werden sehen. Es könnte zu Abstoßreaktionen kommen«, erwiderte Melanie sichtlich besorgt, »aber ich versuche, nicht daran zu denken.«

»Nein, daran solltest du auch nicht denken. Du hast eine Chance, Melanie! Und es wird alles gutgehen. Ganz sicher!«

»Echte Freunde sind unbezahlbar, Sandra. Für kein Geld der Welt kannst du dir dieses Gefühl der Geborgenheit kaufen. Vernachlässige niemals deine Freunde. Sie sind ein kostbarer Schatz.«

»Hey ihr zwei! Heute wird kein Trübsal geblasen!«, rief Britta ihnen plötzlich zu und winkte sie zu sich. »Der Sekt wird warm! Kommt rüber! Wir wollen auf uns anstoßen!«

»Auf gehts«, sagte Melanie. »Feiern wir unsere Freundschaft, feiern wir unser Blaues Fest!«

Sie aßen, tranken und lachten. Sandra beeindruckte der Frohsinn und die Leichtigkeit dieses Zusammenseins. Vielleicht lag es tatsächlich an diese tiefe Verbundenheit zwischen Freunden, die die Last gemeinsam trugen und sie gemeinsam – zumindest für einige Stunden – aus der Gegenwart verbannten.

»Musst du nicht langsam los?«, fragte Michaela ihre Schwester nach dem Essen. »Nicht, dass du mit uns deine kostbare Zeit verpulverst«, fügte sie ironisch hinzu.

»Stimmt! Die Zeit hier mit euch ist tatsächlich kostbar, darum werde ich noch bleiben«, konterte Sandra, erhob ihr Glas und prostete allen zu. »An dieser Stelle möchte ich mich dafür bedanken, dass ich bei eurem Blauen Fest dabei sein darf.« Dann wandte sie sich an Melanie. »Dir möchte ich sagen, dass ich für dich da bin, wann immer du mich brauchst. Wenn ich darf, würde ich mich sehr gerne Markus und den Mädels anschließen und für dich da sein.«

»Natürlich darfst du das! Freunde kann man nie genug haben«, antwortete Melanie und zwinkerte Sandra zu. Dann nahm sie ein Feuerzeug vom Tisch und reichte es ihr. »Bist du so lieb und zündest die Teelichter in den Lampions an.«

»Na klar doch! Sehr gerne!« Sofort sprang Sandra auf, um Melanie den Wunsch zu erfüllen.

»Schade«, stellte sie enttäuscht fest, nachdem sie zum Tisch zurückkam, »man kann die Lampions gar nicht leuchten sehen, es ist noch zu hell.« Melanie sah kurz auf die Uhr und winkte ab.

»Etwas Geduld, bald wird es dunkel, dann werden sie wunderschön leuchten.« Melanie sah in die Runde und lächelte dankbar. »Mit den Lampions ist es eben genauso wie mit der Freundschaft. Ein flämisches Sprichwort sagt: *›Wahre Freundschaft kommt am schönsten zur Geltung, wenn es ringsumher dunkel wird.‹*«

Ein neuer Plan

Frank warf seiner Zwillingsschwester ein paar Briefe auf den Schoß und ließ sich in den Sessel fallen. »Mir reicht's.«

»Warum? Was soll das heißen?« Mit hochgezogenen Brauen sah Sarah ihren Bruder an. »Hast du gedacht, du gibst einmal eine Kontaktanzeige auf und triffst sofort deine Traumfrau?«

»Natürlich nicht. Ich hatte aber auch nicht damit gerechnet, dass es so anstrengend wird.«

»Anstrengend? Herumsitzen, Kaffee trinken, sich nett unterhalten. Das ist anstrengend?«

»Sich nett unterhalten?« Frank lachte kurz auf. »Entweder habe ich den Alleinunterhalter gespielt oder ich wurde in Grund und Boden gequatscht. Eine war so dick angemalt, dass ich mich jetzt noch frage, wie die wohl unter ihrer Spachtelmasse aussieht. Viel habe ich jedenfalls nicht über sie erfahren, wir kamen leider über das Thema Kosmetik nicht hinaus. Die Nächste legte mir mit den Worten ›Uns gibt's nur im 4er-Pack‹ die Fotos ihrer drei Kinder auf den Tisch.« Genervt schüttelte er den Kopf. »Ab sofort interessiere ich mich für Männer.«

»Nie im Leben! Du erliegst viel zu schnell dem zarten Geschlecht.«

»Oder ich gehe zur Fremdenlegion«, fuhr er fort. »Vielleicht können die noch einen gutgebauten Kerl von 29 gebrauchen.«

»Sehr witzig.« Sarah deutete auf den Tisch. »Was ist mit den beiden Briefen?«

»Sind ohne Fotos. Nett geschrieben, aber ich kaufe doch nicht die Katze im Sack. Das war nicht mein Plan.«

»Aber die mit einem Foto haben dir auch nix gebracht. Warum also kein neuer Plan? Aber klar, du gehst eben nur nach dem Aussehen. Typisch! Wie alle Männer! Wundert mich, dass du in deiner Anzeige nicht um die Angabe der Körbchengröße gebeten hast. Und ich dachte, du bist anders.«

»Bin ich auch!«

»Ach ja?«, erwiderte sie gespielt überrascht und riss ihre Augen weit auf. »Dann beweise es! Ein Date noch, mit einer von den Damen ohne Foto.«

Frank tippte mit dem Zeigefinger an seine Stirn.

»Aber sonst geht's dir gut, oder?«

»Okay, um es ein wenig verlockender zu machen, folgender Vorschlag: Du triffst dich mit einer der beiden Frauen. Wird es ein Reinfall, lade ich dich zu einem 3-Gänge-Menü bei deinem Lieblingsitaliener ein. Gefällt sie dir jedoch, und es kommt zu einem weiteren Treffen, dann gehen wir trotzdem Essen, aber du zahlst.«

Nachdenklich fuhr er sich mit der Hand über den Nacken, während er skeptisch auf die beiden Briefumschläge schaute, die vor ihm auf dem Tisch lagen.

»Na gut, abgemacht«, sagte er nach einer Weile. »Ich weiß zwar jetzt schon, dass ich es bereuen werde, aber du lässt ja doch nicht locker.«

»Super!« Sarah klatschte begeistert in die Hände. Dann holte sie die Briefe aus den Umschlägen und studierte sorgsam jeden einzelnen. »Die ist es«, entschied sie und hielt einen beigen Brief in die Höhe. »Katja, 28, keine Kinder.«

»Diese Bürotante, die so gestelzt schreibt?«, stieß Frank hervor und starrte seine Schwester entsetzt an. »Ich wette, die ist der Typ

›Ledige Lehrerin‹ im züchtigen, erdfarbenen Kostüm und mit strengem Haarknoten.«

»Ach, ich dachte Äußerlichkeiten …«

»Jaaa, schon okay.« Er hob beschwichtigend beide Hände. »Ich rufe sie an. Aber mit deinem Handy!« Irritiert verzog Sarah das Gesicht. »Guck nicht so, Schwesterherz. Du unterdrückst deine Nummer. Rufe ich sie mit meinem Handy an, dann hat sie meine.«

»Oh mein Gott«, erwiderte Sarah gespielt entsetzt und schlug sich mit beiden Händen auf die Wangen. »Das wäre ja furchtbar.«

»Ja, wäre es! Also, dein Handy oder der Deal ist geplatzt.« Kapitulierend reichte ihm seine Schwester das Telefon und er machte sich auf den Weg in die Küche. »Kann nicht telefonieren, wenn du dicke Ohren machst«, rief er ihr zu und schloss die Tür hinter sich.

»Das ging schnell«, staunte Sarah, als Frank nur wenige Minuten später zurückkam.

»War 'ne super Idee von dir, Schwesterherz.«

»Wieso? Nicht gut?«

»Ich glaube, das ist 'ne Professionelle! Nächsten Sonntag will sie sich mit mir vorm Parkhotel treffen. Ich soll eine große Wolldecke mitbringen. Für mein leibliches Wohl würde sie sorgen.«
Sarah prustete los und haute sich lachend auf die Schenkel.

»Da habe ich ja das richtige Früchtchen für dich rausgefischt. Mit einer Schüchternen könntest du auch nix anfangen. Aber ich nehme an, sie plant nur ein harmloses Picknick und nicht, was du wieder denkst. Aber du kannst ja noch einige Male kalt duschen. Bis Sonntag bleiben dir noch fünf Tage«, erklärte Sarah augenzwinkernd.

Wie verabredet stand Frank vor dem Hotel und beäugte skeptisch jede Frau, die sich ihm auch nur ansatzweise näherte.

»Hallo Frank«, hörte er plötzlich eine zarte Stimme hinter sich, drehte sich um und blickte in strahlende, stahlblaue Augen; das schmale Gesicht umschmeichelt von schulterlangen, blonden Locken. Frank schluckte und nickte stumm. »Entschuldige. Habe ich dich erschreckt?«

»Ja … also, nein … du hast mich nicht erschreckt … und ja, ich bin Frank«, stammelte er. »Und *du* bist Katja?«

»Nein! Ich renne nur zum Spaß herum und spreche Männer an, die mit einer Wolldecke unterm Arm vor einem Hotel stehen«, erwiderte sie schmunzelnd.

»Ehrlich gesagt, hatte ich irgendwie jemanden anders erwartet. Also …«, Frank gestikulierte wild mit seinem Arm, »so vom Typ her meine ich. Dein Brief war so …« Gequält verzog er das Gesicht und fuhr sich mit der Hand durch sein schwarzes Haar. »Ich befürchte, ich rede mich gerade um Kopf und Kragen.«

»Vielleicht solltest du einfach aufhören zu reden und wir suchen uns erstmal ein schattiges Plätzchen«, schlug sie vor. »Das Hotel grenzt an einem wunderschönen Rhododendron-Park. Ich dachte mir, es wäre schön, gemeinsam zu picknicken.«

»Klar!« Frank nickte kräftig. »Sehr gerne!«

»Ist aber auch echt heiß heute«, stöhnte sie und strich mit ihrer Hand über ihr feucht schimmerndes Dekolleté. ›Das kannst du laut sagen‹, dachte Frank und atmete tief durch. »Ich hatte vergessen, meinem Brief ein Foto beizulegen«, fuhr sie fort, während die beiden sich auf den Weg machten. »Habe es leider erst bemerkt, nachdem ich den Brief zugeklebt hatte. Klar, ich hätte ihn wieder öffnen können. Aber dann fand ich es so noch viel spannender.«

»Wieso spannender?«

»Na ja, ich denke mal, die meisten Männer antworten nur, wenn sie vorher ein Foto gesehen haben. Ich war gespannt, ob du auch einer von denen bist.«

»Ach, ich bitte dich«, Frank winkte entschieden ab, »ich gehöre doch nicht zu den Männern, die nur nach Äußerlichkeiten gehen.«

»Kaum zu glauben«, erwiderts sie schmunzelnd.

»Wie wäre es dort unter der Buche?«, wechselte er das Thema. »Ist ein schönes Plätzchen.«

Sie nickte zustimmend und warf ihm einen sinnlichen Blick zu.

»Sehr gerne«, hauchte sie

Die beiden verbrachten den ganzen Nachmittag miteinander. Sie unterhielten sich prächtig und lachten über die gleichen Dinge. Es fühlte sich so vertraut an, als kannten sie sich schon ewig. Frank konnte es kaum erwarten, seiner Schwester davon zu berichten. Noch am gleichen Abend stand er vor ihrer Tür.

»Vergiss das 3-Gänge-Menü! Es gibt 5 Gänge im teuersten Schuppen deiner Wahl«, schoss es sofort aus Frank heraus, als sie ihm öffnete. Er drückte Sarah einen Kuss auf die Wange, sauste weiter ins Wohnzimmer und schmiss sich auf die Couch. »Die Frau ist der Hammer, der absolute Hammer. Gut, dass ich auf dich gehört habe.« Erwartungsvoll sah er seine Schwester an. »Hallo? Hast du gehört, was ich gesagt habe? Die Katja ist klasse. Sie ist …«

»…nicht Katja«, stieß Sarah gequält hervor und setzte sich zu ihrem Bruder.

Franks Mimik erstarrte. »Wie, nicht Katja?«

»Na ja, Katja ist … nicht Katja.« Sie schluckte schwer. »Katja ist … Melissa.«

»Wer zum Teufel ist Melissa?« Fragend starrte er seine Schwester an.

»Die Frau, mit der du dich getroffen hast.« Sarah räusperte sich verlegen. »Wir haben eine kleine Planänderung vorgenommen.«

»Wir?« Frank zog irritiert seine Augenbrauen hoch.

»Ich und … Melissa.«

»Du kennst sie?«

Sarah nickte schuldbewusst. »Sie ist eine Freundin von mir, seit einem Jahr geschieden und seitdem depri-mäßig drauf. Als sie mich vorgestern besuchte, erzählte ich ihr von deiner Blind-Date-Aktion und …«

»Wie bitte!«, stieß Frank hervor. »Das wird ja immer besser! Du solltest das nicht herausposaunen!«

»Es tut mir ja auch leid, ich wollte …«

Frank winkte ab. »Egal, weiter im Text.«

»Melissa sagte, hätte sie von deiner Anzeige gewusst, sie hätte sofort darauf geantwortet. Sie findet dich total sympathisch und sie begann, von dir zu schwärmen und …«

»Stopp!« Frank hob beide Hände. »Ich kenne die Frau nicht. Wieso kennt sie mich?«

Sarah rollte mit den Augen. »Na ja, kennen ist vielleicht übertrieben. An meiner Pinnwand im Flur hängen Bilder von dir. Von unserem Malle-Urlaub letztes Jahr. Und Fotos von Papas 60sten, auf denen du zu sehen bist.« Sie warf Frank einen hingebungsvollen Blick zu. »Und ich habe ihr natürlich schon viel von dir erzählt – von meinem Lieblingsbruder!«

»Du hast nur einen, also hör auf zu Schleimen!«, befahl er ernst, konnte sich jedoch ein kurzes Grinsen nicht verkneifen. »Okay, ich gefalle ihr. Erklärt aber immer noch nicht, wieso ich mich mit ihr getroffen habe, ohne es zu wissen.«

»Melissa kam auf die Idee, dass sie, anstelle von dieser Katja, zum Blind-Date erscheinen könnte.«

»Und was habt ihr mit Katja gemacht? Sie irgendwo verbuddelt? Ich war mit ihr verabredet, sie ist aber nicht erschienen.«

Schuldbewusst sah Sarah ihren Bruder an.

»Habe sie angerufen und … abgesagt.«

»Du – hast – was?« Frank riss seine Augen weit auf.

»Ihre Nummer war noch in meinem Handy. Ich habe ihr gesagt, dass du krank geworden bist, dass es dir sehr leidtut und du dich wieder meldest.«

»Ach, tue ich das?«

Sarah zuckte hilflos mit den Schultern.

»Falls es mit dir und Melissa doch nicht passt, wollte ich dir die Option lassen, Katja anrufen zu können.«

»Ooohh … wie lieb von dir! Meine Schwester, die wahre Mutter Theresa!«

Sarah lächelte verlegen. »Diese Katja hatte nicht viel von sich geschrieben. Melissa musste nicht allzu viel flunkern«, versuchte es Sarah schönzureden. »Sie musste eben nur für ein paar Stunden Katja heißen, 28 sein und in einem Büro arbeiten.«

Frank schüttelte fassungslos den Kopf.

»Wann wolltet ihr es mir sagen? Melissa konnte sich ja nicht ewig von mir Katja nennen lassen. Eventuell hätte sich ihre Familie irgendwann darüber gewundert«, sagte er sarkastisch.

»Ach, so weit ist es schon? Du willst ihre Familie kennen lernen?« Sarah grinste frech.

»Lenke nicht ab, Schwesterherz! Du hast Mist gebaut, das weißt du.«

»Aber der Nachmittag hat dir doch gefallen, oder etwa nicht?«

»Sagen wir mal, es war …«, er überlegte kurz, »… es war nett.«

»Quatsch!« Sarah versetzte ihrem Bruder einen leichten Faustschlag auf den Oberarm. »So, wie du hier gerade reingerauscht bist, war es Bombe.«

»Du hast meine Frage nicht beantwortet. Wann wolltet ihr beichten?«

Sarah atmete schwer durch. »Eigentlich wollte Melissa es dir während des Picknicks sagen. Kurz bevor du hier reinmarschiert bist, rief sie mich dann an, und sagte, dass sie zu feige dazu gewesen war.« Verschwörerisch beugte sich Sarah zu Frank rüber. »Sie fand den Nachmittag übrigens genauso Bombe wie du.« Dann sah sie ihren Bruder mit einem schuldbewussten Augenaufschlag an. »Bist du sehr sauer auf mich?«

»Na ja, ich würde sagen: Du zahlst das 5-Gänge-Menü. Melissa kommt mit. Du rufst Katja an.«

»Wie bitte?«, stieß Sarah entsetzt hervor. »Das Essen – okay, Melissa kommt mit – okay, aber ich soll Katja anrufen? Was soll ich ihr sagen?«

»Du hast ihr aufgetischt, ich sei krank – nun bin ich gestorben.« Er lachte und schlug sich auf die Oberschenkel.

»Äußerst witzig«, erwiderte sie und rollte mit den Augen.

»Was du Katja erzählst, ist nicht mein Problem, Schwesterherz.« Er zuckte mit den Schultern. »Ihr habt das Flunkern angefangen. Nicht ich! Also, nun mach schon, ruf sie an.« Er nahm ihr Handy vom Tisch und reichte es ihr. »Du hast ja ihre Nummer«, fügte er ironisch hinzu. »Apropos Nummer. Ich hätte sehr gerne die von Melissa.«

»Geht nicht«, konterte Sarah und zwinkerte ihm liebevoll zu, »du bist gestorben, schon vergessen?«

Die vier Säulen

Regen prasselte gegen das Fenster, an dem Sina gedankenverloren stand und den dicken Tropfen nachsah, die an der Scheibe herunterliefen. Durch das Dunkel dieser Novembernacht zuckte ein Blitz, gefolgt von einem leisen Grummeln in der Ferne. Seit dem Tod ihrer Tochter Anja, lebte sie allein in dem großen, alten Haus, das sie Jahre zuvor von ihren Großeltern geerbt hatte. Wirklich wohl hatte sie sich nie darin gefühlt, doch unerträglich war es seit jenem Neujahrsmorgen, als eine Spaziergängerin Anja erdrosselt auf einem Feldweg gefunden hatte. An diesem Tag endete auch Sinas Leben.

Seit elf Monaten suchte die Polizei nun vergeblich nach dem Täter. Der Mord an Anja hatte in der knapp Dreitausendeinhundert-Seelengemeinde für Aufsehen gesorgt. Doch nun kehrte langsam wieder Ruhe ein, und die Einwohner gingen zur Tagesordnung über. Eine Tagesordnung, die für Sina nicht mehr existierte. Sie fühlte sich müde, am Ende ihrer Kräfte. Nichts von dem, was sie einmal als Mensch ausgemacht hatte, war noch von ihr übrig. Mit angewidertem Blick trank Sina ihren fünften Wodka. Schwindelig vom Alkohol ging sie in ihr Schlafzimmer, knipste die Nachttischlampe an und setzte sich auf die Bettkante. Noch einmal nahm sie den Abschiedsbrief vom Nachttisch. Tränen liefen über ihre Wangen. Würden ihre Eltern und ihr Bruder es verstehen? Sina schloss die Augen und küsste den weißen Umschlag, auf dem der Name ihres Bruders stand. Unter einem Vorwand hatte sie Markus für den nächsten Morgen zu sich gebeten. Von ihm wollte sie gefunden werden.

Allmählich zeigte der Alkohol seine Wirkung. Ihr wurde übel, das Zimmer schien sich zu drehen. Vorsichtig legte Sina den Abschiedsbrief zurück auf den Nachttisch, griff nach der kleinen, weißen Porzellanschale, in der die Tabletten lagen, doch sie glitt aus ihren Händen und das Porzellan zerschlug auf den harten Dielen. Verzweifelt starrte Sina auf die Tabletten, die sich zwischen den Scherben auf dem dunklen Holzfußboden verteilt hatten. Vorsichtig rutschte sie von der Bettkante hinunter. Der Boden unter ihr schwankte wie ein kleines Fischerboot im Sturm. Sie stützte sich ab und spürte den stechenden Schmerz, als sich Splitter in ihre Handballen bohrten.

Die Übelkeit nahm zu, und sie schloss ihre Augen …

Erneut zuckte ein Blitz durch das Dunkel, dem Sekundenbruchteile später ein ohrenbetäubender Donner folgte. Das Gewitter kam näher. Immer heftiger prasselte der Regen gegen das Fenster. Sina schlug die Augen auf und starrte irritiert zu der offen stehenden Terrassentür. Der Sturm ließ die Gardine wild tanzen, während er um die Ecken fegte und das alte Haus unter seiner unbändigen Kraft ächzte und knarrte. Sie hatte die Tür geschlossen, da war sie sich sicher. Oder doch nicht? Sina hielt den Atem an und lauschte angestrengt. Waren es Schritte, die sie im Flur hörte? Auf Zehenspitzen schlich sie zur Zimmertür, öffnete sie einen Spalt und spähte hinaus.

»Bleib hier!«, peitschte hinter ihr eine unbekannte Stimme durch das Zimmer, während im selben Moment das Licht der Nachttischlampe erlosch. Sina fuhr herum, wollte schreien, doch kein Ton kam aus ihr heraus. Starr vor Angst presste sie ihren Körper gegen die Tür, die zurück ins Schloss fiel. Sie wagte nicht, sich zu bewegen.

Nur ihre Augen rollten panisch von einer Seite zur anderen. Es dauerte einige Sekunden, bis sie sich an die plötzliche Dunkelheit gewöhnten. Mit zusammengekniffenen Augen versuchte Sina, etwas zu erkennen. Doch erst, als die schweren Gewitterwolken den Vollmond freigaben und er das Zimmer in ein fahles Licht tauchte, erkannte Sina neben der Terrassentür die schlanke Silhouette einer Frau. Sie trug ein bodenlanges Cape und der Wind spielte mit ihrem Haar.

»Wer sind Sie?« Sinas Stimme zitterte.

»Du erkennst mich nicht? Habe ich dir so wenig bedeutet?«, fragte die Unbekannte, deren Stimme hart und monoton klang. »Allein mir hast du es zu verdanken, dass du all deine Schicksalsschläge gemeistert hast«, sagte sie, während sie langsam näher kam. »Die stärksten Stürme hast du durch mich in die Knie gezwungen. Und nun lässt du mich krepieren wie einen Hund?«

Immer noch unfähig zu schreien, starrte Sina ihr Gegenüber an, deren Augen mit einem schwarzen Schleier bedeckt waren. Kalter Atem schlug ihr entgegen. Es dauerte eine Weile, bis Sina sich gefasst hatte.

»Ich weiß nicht, wovon Sie sprechen. Wer sind Sie?«

»Sie ist eine von denen, die du hast sterben lassen. So wie mich«, antwortete eine zweite Unbekannte, die wie aus dem Nichts plötzlich neben Sina stand. Das gleiche schwarze Cape, der gleiche Schleier. »Nur durch mich hast du an dich geglaubt, dir selbst vertraut. Ich war es, die dich ermutigte, neue Wege zu gehen, wunderbare Erfahrungen zu machen. Und du? Du lässt mich verrecken.«

Bewegungslos stand Sina da, während ihr Herz wild gegen ihren Brustkorb schlug.

»Ich habe niemanden sterben lassen. Ich weiß nicht, wovon Sie sprechen.« Tränen liefen über Sinas Wangen. »Bitte, das müssen Sie mir glauben«, fügte sie flehend hinzu. Getrieben von unbändiger Angst wirbelte Sina herum, riss die Tür auf und rannte in die Arme einer dritten verschleierten Frau. Schroff packte sie Sina an den Armen.

»Ich war die Hoffnung, die du brauchtest, um Verzweiflung und Schmerz zu überwinden. Durch mich hattest du den Willen zum Überleben.« Sie schüttelte Sina heftig. »Doch du hast mich aufgegeben und bist nun in Hoffnungslosigkeit versunken. Warum?« Auch die beiden anderen Frauen packten Sina, zerrten an ihren Armen und an ihrem Haar.

»Es geschah, weil sie mich verloren hatte«, erklang hinter Sina eine kehlige, raue Frauenstimme. Sofort ließen die anderen von ihr ab. Kalter Schweiß bedeckte Sinas zitternden Körper. »Dreh dich um, Sina! Sieh mich an!«

Fast gelähmt vor Angst nahm Sina ihre letzten Kräfte zusammen und gehorchte. Wieder stand eine Frau vor ihr, die sich allein durch ihre beträchtliche Größe von den anderen unterschied. »Das Leben und die Freude daran, ist das Wertvollste, was Menschen besitzen«, erklärte sie ernst. »Wie oft hast du meine Gegenwart genossen? Wie oft? Ich erwarte von dir, dass du um mich kämpfst – um uns alle. Hast du verstanden?«, zischte sie zwischen zusammengebissenen Zähnen. Die vier Frauen fassten sich an den Händen und bildeten einen Kreis um Sina. »Du bist es uns schuldig«, schrien sie immer und immer wieder, während sie den Kreis enger und enger zogen. Erneut schlug Sina kalter Atem ins Gesicht, kroch nun auch in ihren Nacken und ließ sie schließlich unter der Last der Angst zusammenbrechen. Sie kniete auf dem Boden, vergrub ihr Gesicht in ihren Händen, ein Weinkrampf ließ ihren Brustkorb beben.

»Wer seid ihr?«, schrie Sina verzweifelt. »Sagt mir doch endlich, wer ihr seid!«

»Ich habe gehofft, dass du sie erkennst, Mama.«

Sinas Weinen verstummte schlagartig. Raubte die Angst ihr den Verstand? Zaghaft hob sie ihren Blick und schaute in die Augen ihrer Tochter, die vor ihr kniete und sie liebevoll ansah.

»Anja«, seufzte Sina. »Anja, du – du lebst? Geht es dir gut?«

»Es geht nicht um mich, Mama. Es geht um dich. Ich habe gehofft, dass du sie erkennst. Ich habe es so gehofft. Und das wirst du, wenn du nur willst. Schaue hin, Mama! Es ist noch nicht zu spät.« Panisch ergriff Sina die Hand ihrer Tochter.

»Wie soll ich sie erkennen? Wie denn? Sie sind verschleiert. Und sie sind böse.«

»Sie sind nicht böse«, erwiderte Anja, während sie sich erhob und ihre Mutter sanft mit sich zog. »Und sie tragen auch keinen Schleier, Mama. Du trägst ihn, es liegt an dir. Der schwarze Schleier der Trauer versperrt dir den Blick. Wie oft hast du mir von den vier Säulen deines Lebens erzählt? Wie sie dich durch alle Schicksalsschläge getragen haben. Und wie wichtig sie für jeden Menschen sind. Doch du hast sie verkümmern lassen.« Kraftvoll packte Anja ihre Mutter an den Armen. »Du musst dich an sie erinnern, du musst. Erinnere dich! Noch ist es nicht zu spät.«

»Kraft, Selbstvertrauen, Hoffnung und Lebensfreude – die vier Säulen meines Lebens«, flüsterte Sina, mehr zu sich selbst als zu ihrer Tochter. Dann sah sie Anja in die Augen und lächelte wehmütig. »Die vier Säulen meines Lebens, sie bedeuten mir nichts mehr.

Nicht ohne dich an meiner Seite.« Anja löste den festen Griff und nahm ihre Mutter in den Arm.

»Lasse sie zurückkehren in dein Leben, Mama«, flüsterte sie. »Bitte ... mir zuliebe. Sie werden dich stützen, wie sie es immer getan haben.« Anja ließ von ihrer Mutter ab, trat einen Schritt zurück und schaute ihr fest in die Augen. »Ich will, dass du sie wieder auferstehen lässt.« Anja tippte sanft mit ihrem Finger auf Sinas Brustkorb. »Da drin, verstehst du? Lebe dein Leben doppelt so intensiv, wie du es sonst getan hast. Lebe es für mich mit! Liebe und lebe dein Leben für uns beide! Ich will, dass du es mir versprichst. Jetzt!«

»Das kann ich nicht!«, schrie Sina verzweifelt und schüttelte heftig den Kopf. »Ich kann es einfach nicht.«

»Doch, du kannst es. Wenn du mich liebst, dann versprich es mir. Versprich es! Jetzt!« Sina schluckte und atmete tief durch. Über ihr schmerzverzehrtes Gesicht rannen Tränen.

»Ich ... ich ver...« Ein entsetzlicher Schrei unterbrach Sina und riss sie von Anja fort. Krampfhaft versuchte sie, die Hand ihrer Tochter festzuhalten. Doch es war vergebens.

Sina schlug die Augen auf und spürte einen pochenden Schmerz über ihren Schläfen, während sich der entsetzliche Schrei tiefer und tiefer in ihren Kopf bohrte. Es dauerte eine Weile, bis Sina begriff, dass es kein Schrei war, sondern der schrille Ton der Türklingel, der in ihr Schlafzimmer drang. Sina schluckte schwer, ihr Mund war trocken und ein pelziger Geschmack lag auf ihrer Zunge. Immer noch lag sie am Boden, inmitten der Tabletten und Scherben. Vorsichtig erhob sie sich und wankte auf zittrigen Beinen zur Tür.

»Guten Morgen, Schwesterherz, wie lange brauchst du eigentlich bis du …« Erschrocken starrte Markus in die müden und rot geränderten Augen seiner Schwester. «Oh mein Gott, du siehst aus, als wärst du gerade von den Toten auferstanden. Was zum Teufel ist denn mit dir passiert?«

»Ich wollte … ich meine … ich hatte vor …, aber dann …«, stammelte sie, winkte ab und bat ihren Bruder mit einer Handbewegung herein. »Es ist alles okay … es ist eine lange Geschichte, Markus. Bitte, geh ins Wohnzimmer und lasse mich noch einen Moment allein. Ich komme gleich nach, muss nur noch etwas zu Ende bringen.«

»Das muss ich jetzt nicht verstehen, oder?« Er warf ihr einen besorgten Blick zu. »Ist wirklich alles okay mit dir?«
Sina nickte stumm und Markus erfüllte seiner Schwester ihren Wunsch und ließ sie allein.

Sina legte ihre flache Hand auf ihren Brustkorb. Immer noch spürte sie die Berührung ihrer Tochter. ›Anja, ich danke dir so sehr. Du hast mich an sie erinnert, an die vier Säulen meines Lebens: Kraft, Selbstvertrauen, Hoffnung und Lebensfreude. Nun fühle ich sie – ganz tief in mir‹, dachte Sina. ›Sie sind wieder auferstanden, und ich werde auf sie achtgeben.‹ Bevor sie die Tür schloss, warf Sina einen kurzen Blick in den Himmel. »Versprochen«, flüsterte sie und lächelte zaghaft – das erste Lächeln seit Monaten.

Der Tanz ihres Lebens

Vorsichtig strich Anke Möller mit dem Kamm durch das silbergraue Haar ihrer Mutter.

»Als ich noch klein war, durfte ich dich oft kämmen und manchmal deine langen Haare auf Lockenwickler drehen«, erinnerte sich Anke wehmütig, legte den Kamm beiseite und setzte sich zu ihrer Mutter. »Daran denke ich sehr gerne zurück, Mama«, fuhr sie fort. »Noch heute liebe ich es, dein Haar zu kämmen. Es glänzt danach genauso wie früher.« Charlotte sah ihre Tochter irritiert an und zuckte mit den Schultern. Dann drehte sie sich zum Fenster und beobachtete ein Eichhörnchen, das auf einem Baum herumsprang. »Es ist in Ordnung, wenn du heute nicht reden möchtest, Mama.« Verständnisvoll streichelte sie ihr über die Schulter. »Ich habe dir übrigens etwas mitgebracht.«

Anke holte aus ihrer Tasche eine Tube Handcreme, gab etwas davon auf Charlottes Hände und massierte die Creme sanft ein. Ein leichter Vanilleduft stieg auf und über Charlottes Gesicht huschte ein Lächeln. »Ich weiß, Mama, du liebst Vanille, nicht wahr?« Charlotte nickte, hob ihre Hände und roch kurz an ihnen.

»Meine Mutter backt bald wieder ganz leckere Vanillekipferl«, schwärmte sie. »Sie gibt Ihnen bestimmt welche ab.«

Anke schluckte und lächelte traurig. Heute war wieder einer dieser Tage, einer dieser dunklen Tage, an dem ihre Mutter sie nicht erkannte. Anke blieb noch eine Weile, doch es war sinnlos, Charlotte zog sich immer mehr in sich zurück. »Ich lasse dich jetzt in Ruhe, Mama. Übermorgen komme ich wieder, dann gehen wir spazieren. Wie wäre das?«

»Das würde ihr ganz sicher gefallen«, antwortete plötzlich eine vertraute Stimme. Anke drehte sich um und schaute direkt in das freundliche Gesicht von Ina Rust. Die junge Frau leitete die Wohngemeinschaft für Demenzkranke, in dem Charlotte seit einem dreiviertel Jahr, gemeinsam mit fünf anderen Bewohnern, lebte. Ina reichte Anke die Hand, dann trat sie an Charlotte heran und streichelte über ihren Arm. »Nun haben Sie etwas, worauf Sie sich freuen können. Sie gehen doch so gerne spazieren, und natürlich am liebsten mit Ihrer Tochter.«

»Nur weiß sie leider nicht mehr, dass ich ihre Tochter bin«, wandte Anke enttäuscht ein. »Ich wünschte mir so sehr, Mama wüsste es.«

»Sie weiß es, Frau Möller«, tröstete Ina sie, ohne den Blick von Charlotte abzuwenden. Zärtlich legte sie ihre flache Hand auf den Brustkorb der alten Dame und klopfte leicht dagegen. »Hier drin wissen Sie es, nicht wahr? Ganz tief hier drin.« Charlotte lächelte zaghaft und roch erneut an ihren Händen. Dann hob sie die Augenbrauen und schaute Ina über den Rand ihrer Brille an.

»Wenn meine Mutter Vanillekipferl backt, dann kriegst du auch welche ab.« Ina lächelte verständnisvoll.

»Ihre Mutter konnte bestimmt richtig gut backen und die ganze Küche duftete dann nach Vanille. Wir beide sollten auch mal Kipferl backen. Was meinen Sie?« Charlotte nickte kurz, dann drehte sie sich zum Fenster und beobachtete das Eichhörnchen, das nun auf dem Rasen nach Futter suchte. »Charlotte, ich begleite Ihre Tochter jetzt zu Tür. Nachher hole ich Sie ab und wir schälen mit den anderen Kartoffeln. Heute gibt es Puffer mit Apfelmus«, erklärte Ina liebevoll bevor sie sich von Charlotte verabschiedete und mit Anke das Zimmer verließ.

»Hätten Sie noch ein paar Minuten für mich, Frau Möller? Ich habe etwas auf dem Herzen, worüber ich gerne mit Ihnen sprechen möchte. Es ist wirklich wichtig.«

Gespielt ängstlich verzog Anke das Gesicht.

»Oh oh, was kommt nun?« Ina lachte kurz auf und winkte ab.

»Nein, keine Sorge, es ist nichts Schlimmes. Sagen wir eher, es ist etwas … Ungewöhnliches.«

»Okay! Nun bin ich neugierig«, erwiderte Anke freundlich und folgte Ina in ihr Büro.

»Es geht um Folgendes«, begann Ina, während sie sich an ihren Schreibtisch setzte und Anke mit einer leichten Handbewegung einen Platz anbot. »Letzte Woche haben wir ein Fünfziger-Jahre-Fest gefeiert. Einer unserer Bewohner, Herr Hansen, war so lieb, uns seine Musiksammlung zur Verfügung zu stellen. Ich glaube, er hat sämtliche CDs mit den Hits der Fünfziger. Es war ein wunderbarer Nachmittag, alle hatten Spaß, nur Ihre Mutter saß teilnahmslos dabei, nicht einmal ein Lächeln konnten wir ihr abgewinnen. Das änderte sich allerdings als Lale Andersen ›Am Kai bei der alten Laterne‹ sang. Plötzlich strahlte sie übers ganze Gesicht, stand auf und tanzte.«

»Meine Mutter? Meine Mutter tanzte?« Anke lachte laut auf. »Das kann nicht sein. Sie hat nie getanzt. Vielleicht ungewöhnlich für eine Frau, aber sie hielt einfach nichts davon.«

»An diesem Abend schon! Ihre Mutter hat getanzt. Ich habe es selber gesehen. Und während sie tanzte, strahlte sie über das ganze Gesicht und ihre Augen leuchteten.« Ina lehnte sich zurück und sah gedankenverloren ins Leere. »Noch nie habe ich ein solches Leuchten in ihren Augen gesehen«, fügte sie nachdenklich hinzu.

Verwundert schüttelte Anke den Kopf. »Ich begreife das nicht.«

»Verstehen Sie mich nicht falsch, Frau Möller. Natürlich habe ich mich gefreut, dass Ihre Mutter an jenem Abend so glücklich war. Das Problem ist nur, dass sie seitdem unruhiger ist als sonst. Fast jede Nacht räumt sie ihre Schränke aus, verteilt den Inhalt in ihrem Zimmer und …«

»Wie bitte?«, fuhr Anke ihr ins Wort und kräuselte die Stirn. »Sie räumt nachts ihre Schränke aus?« Ina nickte.

»Wenn wir sie darauf ansprechen, erklärt sie uns jedes Mal zutiefst verzweifelt, dass sie etwas verstecken musste und es nun nicht wiederfinden kann.«

»Wieso verstecken? Was musste sie verstecken?«

»Das wüssten wir auch gerne. Sagt Ihnen das Lied etwas, zu dem Ihre Mutter tanzte? Hat es eventuell eine besondere Bedeutung für Ihre Mutter?« Anke zuckte mit den Schultern.

»Keine Ahnung. Glauben Sie denn, es besteht ein Zusammenhang zwischen dem Lied und ihrem Verhalten?«

»Ich denke schon, dass das Lied ein bestimmtes Gefühl bei Ihrer Mutter angesprochen hat und somit der Auslöser war. Auch, wenn das Gedächtnis Lücken aufweist, Frau Möller, die Gefühlswelt von Demenzerkrankten ist nicht beeinträchtigt. Vertraute Lieder aus der Vergangenheit, mit denen sie einschneidende Ereignisse verbinden, können längst verschüttete Gefühle wachrufen, auch wenn das Ereignis dem Gedächtnis nicht mehr bewusst ist. Durch diese Emotionen kann es zu Handlungen kommen, die wir als Außenstehende nicht immer nachvollziehen können.«

»Auch Düfte können Gefühle wachrufen, zum Beispiel der Duft von Vanille«, bestätigte Anke.

»Ganz genau! Sie haben es gerade selber erlebt. Allein das Reden über Vanille, hätte nicht dieses Lächeln auf ihr Gesicht gezaubert. Im Stadium Ihrer Mutter können bloße Worte eine solche Reaktion nur noch ganz selten auslösen. Ihre Mutter will durch ihr Verhalten unbewusst etwas ausdrücken, es ist ihre Art, mit uns zu kommunizieren.«

»Und ich dachte immer, Demenzkranke handeln nur wirr und ziellos.«

»Nein, ganz sicher nicht. Darum ist es für uns als Betreuer so wichtig, ihre Lebensgeschichten zu kennen, damit wir individuell auf sie eingehen können. Gibt es eventuell jemanden aus der Vergangenheit Ihrer Mutter, der uns weiterhelfen kann?«

Anke schüttelte den Kopf. »Nein, leider gibt es niemanden. Mamas Schwester ist schon lange tot und mein Vater ist vor zwei Jahren gestorben.« Nachdenklich blickte sie ins Leere. »Obwohl …«

»Obwohl?«, wiederholte Ina und sah Anke interessiert an.

»Eine Freundin meiner Mutter lebt noch. Helga Thoben, die beiden sind zusammen zur Schule gegangen und immer sehr eng miteinander befreundet gewesen.«

Ina beugte sich interessiert nach vorne.

»Na, das klingt doch hervorragend!«

»Ich kann Helga gerne anrufen und fragen, ob sie etwas weiß«, bot Anke an.

»Sollte sie etwas wissen, glauben Sie, sie würde es Ihnen sagen?«

»Helga?« Anke lachte kurz auf. »Ganz sicher sogar! Sie ist total quirlig, redet sehr gerne und sehr viel, das genaue Gegenteil meiner Mutter. Die beiden haben sich perfekt ergänzt. Wenn meine Mutter mutlos den Kopf hingen ließ, hat Helga ihr den nötigen Schubs verpasst, damit sie wieder nach vorne schaute. Und meine Mutter mit ihrer ruhigen, besonnenen Art hat Helga vor so mancher Dummheit bewahrt. Zum Beispiel, als Helga mit 67 darüber nachdachte, ihren Motorradführerschein zu machen, weil sie plötzlich meinte, sie müsste unbedingt mit einer Harley auf der Route 66 dem kalifornischen Sonnenuntergang entgegenbrettern.«

Ina lachte. »Ich liebe lebensfrohe und mutige Menschen!«

»Helga ist echt 'ne Marke! Ich könnte Ihnen Geschichten erzählen ...« Anke schüttelte leicht den Kopf und grinste breit. »Ich werde sie sofort anrufen. Aber ich gehe nach draußen, dann kann ich ganz nebenbei meine Nikotinsucht stillen. Nach der Neuigkeit, dass meine Mutter eine flotte Sohle aufs Parkett gelegt hat, brauche ich dringend eine Zigarette«, erklärte Anke schmunzelnd und verließ das Büro.

»Na, das ging aber flott«, stellte Ina fest, als Anke schon nach kurzer Zeit wieder vor ihr stand. »Haben Sie niemanden erreicht?«

»Erreicht schon, aber ...« Anke stockte nachdenklich.

»Aber?« Ina hob interessiert die Augenbrauen.

»Also, zuerst war Helga wie immer, redete fröhlich drauflos, wie es eben ihre Art ist. Doch kaum hatte ich ihr von Mamas Reaktion auf jenes Lied erzählt, da änderte sich ihre Stimmung schlagartig, sofort versuchte sie das Thema zu wechseln.«

»Ah ha, anscheinend verbindet auch die Freundin Ihrer Mutter etwas mit dem Lied. Das ist ja interessant.«

Anke nickte. »Sehe ich genauso. Natürlich habe ich mich nicht darauf eingelassen, das Thema zu wechseln. Stattdessen erzählte ich ihr, dass Mama seitdem unruhig ist, irgendetwas sucht und ihre Schränke ausräumt. Da war es dann ganz vorbei. Sofort würgte Helga mich ab und sagte, sie könnte auf keinen Fall am Telefon darüber reden.« Anke schluckte und zog eine Grimasse. »Irgendwie unheimlich, oder?«

»Mmmh …, sie scheint definitiv etwas zu wissen.«

Anke lächelte unsicher. »Ich schlug vor, sie zu besuchen, doch sie bestand darauf, dass wir uns morgen hier bei meiner Mutter treffen. Bei der Gelegenheit könnte sie auch ihre alte Freundin wiedersehen.«

»Hört sich doch gut an. Bitte lassen Sie mich wissen, was dabei herausgekommen ist.«

»Natürlich melde ich mich bei Ihnen«, versprach Anke und reichte Ina die Hand. »Aber jetzt muss ich wirklich los.«

»Und ich muss jetzt fleißig Kartoffeln schälen«, erwiderte Ina, zwinkerte Anke zu und begleitete sie zur Tür.

Am nächsten Tag war Anke pünktlich im Seniorenheim. Nervös ging sie vor dem Zimmer ihrer Mutter auf und ab. Jedes Mal, wenn sich die Fahrstuhltür öffnete, spürte sie ein leichtes Ziehen im Magen. Jeden Moment würde Helga vor ihr stehen. Was war so wichtig, dass sie es ihr nicht am Telefon sagen konnte? Anke wurde von Minute zu Minute nervöser, dann endlich öffnete sich der Fahrstuhl und Helga trat heraus.

»Danke, dass du gekommen bist«, begrüßte Anke die alte Dame herzlich. »Ich hätte dich auch Zuhause abgeholt, aber du wolltest ja unbedingt …«

»Papperlapapp!« Mahnend hob Helga die Hand. »Ich komme immer noch sehr gut alleine von A nach B, dauert eben nur etwas länger. Mein Sohn besteht zwar darauf, dass ich meinen Führerschein abgebe, aber soweit kommt das noch«, energisch stieß sie mit ihrem

Gehstock auf den Boden. »Ich bin erst knapp über 80! Was denkt er sich?« Fassungslos schüttelte sie den Kopf.

Anke schmunzelte und zog es vor, die Frage zu ignorieren.

»Wir sind übrigens alleine, Mama ist noch beim Essen.«

»Sehr gut! Ist sicherlich besser so«, erwiderte Helga, während sie Anke ins Zimmer folgte.

Sie setzten sich an den kleinen Mahagonitisch, der direkt am Fenster stand. Helga öffnete ihre Handtasche, holte einen weißen Umschlag und eine schwarze Schatulle heraus. »Der 13. Juni 1953, nun holt er meine Lotte doch noch ein. Gottes Mühlen mahlen langsam, aber trefflich fein«, sagte sie zynisch.

Anke stutzte. »Was geschah an diesem Tag?«, fragte sie sichtlich nervös.

»Deine Mutter und ich gingen abends tanzen, auch dein Vater war dabei. An diesem Abend wollte er ihr endlich gestehen, dass er sie liebte.«

»Ich weiß, Papa hat oft erzählt, dass er sich lange nicht traute, Mama seine Gefühle zu gestehen, obwohl sie sich schon ewig kannten.«

»Stimmt, er fand einfach nie den Mut. Tja, wer zu spät kommt, den bestraft das Leben, nicht wahr?« Helga öffnete den Umschlag, holte ein kleines Schwarzweißfoto heraus und schob es zu Anke rüber. »Mr. Wayne Donalds erschien an jenem Abend auf der Bildfläche, oder sagen wir besser, auf der Tanzfläche. Er war amerikanischer Soldat bei der Navy und bei uns in Bremerhaven stationiert. Wayne forderte deine Mutter zum Tanz auf. Amors Pfeil hatte die beiden getroffen, noch bevor Lale Andersen zurück war vom Kai bei der alten Laterne«, scherzte Helga und grinste. Anke nahm das Foto und betrachtete den jungen Mann in Uniform.

»Ein gutaussehender Mann.« Anke legte die Stirn in Falten und überlegte kurz. »Sieht fast aus wie George Clooney in jung.«

»Und dann deine hübsche Mutter mit ihren blonden Haaren und blauen Augen. Sie waren ein schickes Paar. Ein echter Hingucker«, schwärmte Helga seufzend.

»Mit ihm hat sie also getanzt?«

»Ganz genau! Und sich dabei unsterblich in ihn verliebt.«

»Aber mein Vater hat anscheinend nicht aufgegeben und sich meine Mutter doch noch geangelt«, wandte Anke stolz ein. »Was ist aus Wayne geworden?« Helga ignorierte die Frage, öffnete die schwarze Schatulle und reichte Anke einen Ring.

»Er gehört deiner Mutter, es ist ein Smaragd – ein grüner Edelstein. Ich bin mir sicher, es ist dieser Ring, nach dem sie so verzweifelt sucht.«

»Er gehört Mama?« Anke sah Helga irritiert an. »Ich habe den Ring nie bei ihr gesehen. Wieso hast du ihn?«

»Eins nach dem anderen«, erwiderte Helga und atmete tief durch. »Seit jenem Abend trafen sich deine Mutter und Wayne so oft es ging, natürlich nur heimlich und …«

»Warum nur heimlich?«, unterbrach Anke die alte Dame.

»Nun, deine Mutter war blutjung, gerade zwanzig, und Wayne war Amerikaner. Frauen, die sich damals mit Amerikanern einließen, wurden von vielen als Ami-Huren beschimpft. Unter diesen Heimlichkeiten litten beide sehr, doch besonders deine Mutter. Niemandem, nicht einmal ihren Eltern, durfte sie zeigen, wie glücklich sie war.«

»Hätten denn ihre Eltern genauso gedacht?« Anke schüttelte verständnislos den Kopf.

»Ja, sehr wahrscheinlich. Darum schenkte ihr Wayne eines Tages diesen Ring mit dem grünen Edelstein, den ihm seine Mutter als Talisman mitgegeben hatte. Wayne sagte, Grün sei die Farbe der Hoffnung. Der Smaragd sollte Charlotte immer daran erinnern, dass sie niemals die Hoffnung verlieren dürfe. Es würde der Tag kommen, an dem sie diesen Ring tragen und damit ihre Liebe zu ihm zeigen könne.« Helga nickte und lächelte mitfühlend. »Ich weiß noch, wie glücklich sie über diesen Ring war und wie gerne sie ihn getragen hätte.«

»Hat sie es denn nie getan?«

»Um Gottes Willen, alle hätten wissen wollen, von wem sie ihn hat. Was hätte sie sagen sollen? Doch sie trug ihn bei sich, in ihrer Handtasche, noch lange nachdem …« Helga schluckte schwer.

»Nachdem …?«, wiederholte Anke und sah die alte Dame fragend an.

»Noch lange nach seinem Tod.« Helga sah gedankenverloren ins Leere und räusperte sich kurz. »Bei Verladearbeiten im Hafen explodierte ein Blindgänger, Wayne hatte keine Chance«, fuhr sie wehmütig fort. »Schon wieder musste deine Mutter ihre Gefühle verbergen. Außer deinem Vater und mir konnte sie niemandem ihren Schmerz zeigen. Als sie dann noch erfuhr, dass …« Helga schwieg erneut und strich sich verlegen einen Fussel von ihrem Rock.

»Und als sie dann noch was erfuhr? War Wayne verheiratet?«

»Sie war schwanger von ihm.«

Irritiert kräuselte Anke die Stirn. »Wie, schwanger?«, wiederholte sie. »Das kann nicht, ich bin ihr einziges Kind.«

Helga sah Anke eindringlich an.

»Stimmt. Du bist ihr einziges Kind.«

»Sag mir nicht … Mama war nicht mit mir schwanger, …oder?«, fragte Anke wie benommen.

»Du bist im Mai 1954 geboren! Nun rechne mal nach.«

»Nein! Das ist nicht wahr!« Energisch schüttelte sie den Kopf. »Niemals! Mama hätte es mir gesagt, ganz sicher. Sie hat mir immer die Wahrheit gesagt und …«

»Sie wollte dich schützen«, fiel Helga ihr ins Wort. »Wenn herausgekommen wäre, dass Wayne dein leiblicher Vater ist, die Leute hätten sich über euch das Maul zerrissen. Du wärst der uneheliche Bastard einer Frau gewesen, die sich für ein paar Nylons und Zigaretten mit einem Ami eingelassen hatte. Entschuldige, wenn ich es so hart ausdrücke, doch genau so wäre es gewesen. Und glaube mir, du hättest es zu spüren bekommen. Menschen können grausam sein.«

Erneut schüttelte Anke den Kopf. Dann stand sie auf, verschränkte die Arme vor ihrer Brust wie ein kleines störrisches Mädchen und starrte aus dem Fenster.

»Und? Wie kam Papa ins Spiel? Hat sie einmal mit ihm geschlafen und mich ihm dann untergeschoben?«

»Anke!«, stieß Helga entsetzt hervor. »Niemals hätte deine Mutter so etwas getan, das weißt du genau. Es war allein Richards Idee! Als er erfuhr, dass Lotte schwanger ist, gestand er ihr seine Liebe und bat sie um ihre Hand. Deine Mutter mochte Richard sehr, sie kannten sich seit einer Ewigkeit, und als er ihr versprach, ihr Kind wie sein eigenes zu lieben, nahm sie seinen Antrag an. Lottes Eltern stimmten der Heirat zu und außer uns dreien kannte niemand die Wahrheit. Glaube mir, Sie hat dabei nur an dich gedacht!«

»An mich?«, schoss es aus Anke heraus. »Sie hat dabei nur an mich gedacht?« Anke lachte zynisch auf. »Wenn sie dabei an mich gedacht hätte, warum hat sie es mir dann nie gesagt? Habe ich nicht das Recht, zu wissen, wer mein Vater ist?«

»Sie hatte es oft vor, glaube mir. Doch sie hatte entsetzliche Angst, du könntest schlecht über sie denken.«

»Das hätte ich niemals getan.«

»Und wie konnte sie sich da so sicher sein?«

»Weil ich eine wunderbare Kindheit hatte, mit einem liebevollen Vater, es fehlte mir an nichts.« Ihre Stimme klang plötzlich sanfter und sie setzte sich wieder.

Helga nickte und lächelte gedankenverloren.

»Ja, genau das war es, was sich deine Mutter für dich gewünscht hatte – eine unbeschwerte Kindheit. Natürlich, sie hätte es dir sagen müssen, später, als du erwachsen warst.« Hilflos zuckte Helga mit den Schultern. »Ihre Angst, deine Liebe und Achtung zu verlieren, war einfach zu groß.«

»Und wieso hattest du den Ring?« Fragend sah Anke Helga an.

»Irgendwann bat sie mich, ihn für sie aufzubewahren, es schmerzte sie zu sehr, wenn sie ihn in ihrem Schmuckkästchen sah. Tragen konnte sie ihn nicht, es hätte Richard das Herz gebrochen.« Anke schluckte, nahm den Ring und betrachtete nachdenklich den grünen Edelstein, der im Schein des Sonnenlichts, dass durch das Fenster fiel, feurig funkelte.

»Als Kind fragte ich Mama einmal nach ihrer Lieblingsfarbe. Es sei Grün, sagte sie, weil Grün die Farbe der Hoffnung sei«, begann Anke zu erzählen. »Und als ich sie fragte, warum die Hoffnung grün sei und nicht blau, gelb oder rot, antwortete Mama: ›Wenn nach einem langen, eisigen Winter, der so bitterkalt war, dass du das Gefühl hattest, dein Herz wäre erfroren – wenn nach einem solchen Winter wieder die ersten grünen Blätter an kahlen Zweigen sprießen, dann erkennst du, dass du niemals die Hoffnung aufgeben darfst. Wenn sich zarte hellgrüne Blumenstängel tapfer durch die noch kalte Erde kämpfen, nur um im wärmenden Sonnenschein wieder ihre bunten Blüten tragen zu können, dann zeigt es dir, dass es sich lohnt zu kämpfen und zu hoffen, wie schwer die Zeiten auch sein mögen. Darum ist die Hoffnung grün‹.« Anke räusperte sich und lächelte unter Tränen. »Ich frage mich, ob sie damals wirklich vom Winter sprach?«

»Ich denke, sie sprach vom Leben allgemein«, antwortete Helga und legte liebevoll ihre Hand auf Ankes Arm. »Verzeihst du deiner Mutter, dass sie dir die Wahrheit verschwiegen hat?«

Anke nickte und atmete tief durch.

»Ich werd's versuchen«, seufzte sie, als sich im selben Moment die Zimmertür öffnete und Charlotte wie verloren im Türrahmen stand und unsicher lächelte. Wenn Anke auch einen Grund hatte, ihr böse zu sein, sie konnte es nicht. Langsam ging sie auf ihre Mutter zu und nahm sie in den Arm. »Schön, dass du da bist, Mama.« In ihrer Stimme schwang eine sonderbare Wehmut. »Ich bin heute nicht alleine«, erklärte sie und begleitete ihre Mutter zu ihrem alten beigen Ohrensessel. »Sieh mal, wer hier ist, Mama.«

»Sehr schön«, erwiderte Charlotte und sah Helga fragend an. »Arbeiten Sie auch hier?«

»Nein, Lotte, ich bin deine Freundin und gekommen, um dich wiederzusehen.« Helga zog einen Stuhl heran und setzte sich zu ihr. »Ich habe dir etwas mitgebracht, über das du dich sehr freuen wirst.« Helga nahm den Ring und legte ihn Charlotte in die Hand. »Wayne hat dir diesen Ring damals geschenkt, erinnerst du dich?« Charlotte kräuselte die Stirn, während sie schweigend den Smaragd betrachtete. »Er gehört dir, Lotte, du darfst ihn behalten.« Liebevoll streichelte Helga über den Arm ihrer Freundin. »Nun muss ich dir etwas sagen und ich möchte, dass du mir genau zuhörst. Es ist wichtig.« Helga beugte sich nach vorne, nahm Charlottes Hand und sah ihr fest in die Augen. »Ich habe deiner Tochter von Wayne erzählt, Lotte. Ich habe ihr gesagt, dass Wayne ihr Papa ist. Sie ist nicht böse auf dich. Alles ist gut, verstehst du? Alles – ist – gut!«

Charlotte sah Helga mit großen Augen an, dann schaute sie noch einmal auf den grünen Edelstein in ihrer Hand und schließlich wandte sie ihren Blick zum Fenster.

»Grün ist schön, im Frühling ist alles grün«, sagte sie leise.

Helga schluckte, lehnte sich zurück und schüttelte enttäuscht den Kopf.

»Sie hat kein Wort verstanden. Nicht ein einziges.« Hilflos sah sie zu Anke hinüber und zuckte mit den Schultern. »Bestimmt habe ich mich falsch ausgedrückt, ich bin nicht gut in sowas.«

»Es liegt nicht an dir, Helga. Manchmal reichen Worte eben nicht aus«, tröstete Anke die alte Dame. »Bitte bleib bei Mama, ich bin gleich wieder zurück.«

Anke ging und ließ Helga alleine, alleine mit ihrer geliebten Lotte und all den gemeinsamen Erinnerungen. Sehnsuchtsvoll dachte Helga zurück an fast acht Jahrzehnte inniger Freundschaft, und schmerzlich wurde ihr klar, dass sie ihre beste Freundin für immer verloren hatte. Gemeinsam waren sie durch schwere Zeiten gegangen, hatten gemeinsam geweint und gelacht, Geheimnisse ausgetauscht und sich geschworen, sie zu bewahren, wie kostbare Schätze.

»Ich weiß, es ist in deinem Sinne, dass ich ihr die Wahrheit gesagt habe. Du hättest es so gewollt, nur darum habe ich es getan«, flüsterte sie unter Tränen.

»Alles okay mit dir?«, riss Anke sie aus ihren Gedanken und streichelte kurz über Helgas Schulter.

»Alles gut, ich habe dich gar nicht kommen hören«, antwortete sie und schüttelte energisch den Kopf. »Ich hasse es, wenn ich sentimental werde.« Mit einem Taschentuch wischte sie sich die Tränen aus dem Gesicht und warf Anke anschließend einen spöttischen Blick zu. »Oh mein Gott, wo um alles in der Welt hast du das Nostalgie-Teil ausgegraben?«

»Das Nostalgie-Teil, wie du es nennst, ist ein CD-Player aus den Achtzigern. Herr Hansen hat ihn mir geliehen, er wohnt im Zimmer schräg gegenüber. Er war es auch, der die Musik für die Fünfziger-Jahre-Fete zur Verfügung stellte«, erklärte Anke, während sie das Gerät anschloss. Dann setzte sie sich zu ihrer Mutter, die den Ring noch immer fest in ihrer Hand hielt. »Ich finde, du solltest ihn tragen, Mama«, schlug Anke vor, nahm den Ring und hielt ihn ins Sonnenlicht. »Sieh nur, wie wunderschön der grüne Stein schimmert, mal dunkelgrün, mal hellgrün.« Anke schob den Ring vorsichtig auf Charlottes Ringfinger ihrer linken Hand. »Links ist die Seite des Herzens, Mama, und genau da gehört er hin.«

»Ich danke Ihnen«, flüsterte Charlotte mit einem verschwörerischen Lächeln und streichelte mit ihrer schmalen blassen Hand zärtlich über Ankes Wange.

»Helga, bist du so lieb und schaltest den CD-Player ein und wählst den vierten Titel? Bekommst du das hin?«, fragte Anke, ohne den Blick von ihrer Mutter zu lösen.

»Na hör mal!«, protestierte Helga gespielt energisch. »Was Herr Hansen kann, kann ich schon lange!«

Es dauerte einen Moment, doch dann erfüllte eine Walzermelodie den Raum und Lale Andersen sang von Abschied und Sehnsucht. Glückselig und mit geschlossenen Augen lehnte Charlotte ihren Kopf zurück und sang leise mit. ›Jetzt tanzt du mit meinem Vater‹, dachte Anke und schenkte ihrer Mutter diesen besonderen Moment. Als das Lied zu Ende war, stand sie auf, wählte es noch einmal aus und reichte ihrer Mutter die Hand.

»Würdest du mit mir tanzen, Mama?«

Charlotte öffnete ihre Augen und lächelte. Dann stand sie auf, nahm die Hand ihrer Tochter und sie tanzten. Sanft bewegten sie sich zum Takt der Musik und Charlottes Augen funkelten, funkelten wie der grüne Edelstein an ihrer Hand.

Die kleinen Geschenke

Hastig lief Lena den schmalen Weg entlang, der sich durch den Stadtpark schlängelte, und kramte dabei in ihrer Handtasche nach dem klingelnden Handy.

»Lindt«, meldete sie sich. Der feine Kies knirschte unter ihren Schuhen, während sie dem Anrufer zuhörte. »Das ist nicht Ihr Ernst?«, stieß sie plötzlich hervor und blieb abrupt stehen. »Ich bin gerade aus dem Büro raus, musste zwei Stunden eher Feierabend machen, nur weil Sie es zeitlich nicht anders einrichten konnten. Und nun sagen Sie ab? Zum zweiten Mal übrigens! Wie lange soll ich noch auf die Reparatur des Garagentors warten? Ständig muss ich aus dem Auto ein- und aussteigen, um das blöde Tor in Gang zu kriegen?« Sie presste kurz die Lippen aufeinander. »Wissen Sie was«, fuhr sie entschlossen fort, »es hat sich erledigt. Ich suche mir einen anderen Techniker!« Wütend legte Lena auf, machte einen Schritt und blieb sofort wieder stehen. »Das darf doch nicht wahr sein! So ein verdammter Mist«, fluchte sie und schaute mit angewidertem Blick hinunter auf ihre Pumps. »Natürlich, im ganzen Park wahrscheinlich der einzige Hundehaufen, und ich trete rein. Ist ja klar!«

»Bringt Glück!«, rief ihr jemand zu. Lena hob den Kopf und entdeckte erst jetzt den jungen Mann auf der Parkbank, nur knapp drei Meter von ihr entfernt. Mit ausgestreckten Beinen, seine Hände hinter dem Kopf verschränkt, saß er da und hielt genüsslich sein Gesicht in die Sonne.

»Äußerst witzig!«, schimpfte Lena. Widerwillig humpelte sie zur Bank, setzte sich und holte ein paar Tempos aus ihrer Tasche. »Das sind meine teuersten Schuhe! Und auch noch nagelneu. Habe ich letzte Woche erst gekauft.«

»Trotzdem sind's nur Schuhe. Und für das Garagentor finden Sie auch noch jemanden. Ist es so schlimm, ein paar Tage aus dem Auto ein- und aussteigen zu müssen?«

»Mein Gott, belauschen Sie immer die Gespräche anderer?« Lena kräuselte die Stirn und sah den jungen Mann fassungslos an, der es nicht mal für nötig hielt, sie anzuschauen, während er mit ihr sprach. ›Jeans, T-Shirt und 'ne fette Sonnenbrille auf der Nase. Sehr wahrscheinlich arbeitslos und den ganzen Tag nix zu tun‹, dachte sie insgeheim.

»Sie müssen mich wirklich nicht ›Gott‹ nennen, Tim reicht völlig«, scherzte er und grinste breit. »Und was heißt hier ›belauschen‹? Ihr Geschimpfte hat man wahrscheinlich noch zehn Bänke weiter gehört. Warum freuen Sie sich nicht einfach über ihren vorgezogenen Feierabend? Bei dieser Wärme ist es doch viel angenehmer im Park als im miefigen Büro.

»Sie haben gut reden! Mein Schreibtisch quilt über«, erwiderte Lena empört.

»Mag sein. Aber nun ist es, wie es ist! Sie können nichts daran ändern. Also machen Sie doch einfach das Beste daraus.«

»Das Beste daraus machen«, wiederholte Lena schnippisch und rollte mit den Augen, während sie immer noch damit beschäftigt war, mit dem Tempo über ihre Schuhe zu reiben.

»Schauen Sie mal nach oben. Was sehen Sie?«

Irritiert ließ Lena von ihren Schuhen ab und hob den Kopf.

»Den Himmel natürlich. Was sonst?«

»Sie sehen auch ein traumhaftes Blau, oder nicht?«

Lena nickte und sah Tim fragend an.

»Und vor Ihnen der Teich«, fuhr er fort. »Die Sonnenstrahlen brechen an der Wasseroberfläche und ...«

»... glitzern wie tausend Diamanten«, führte Lena den Satz zu Ende und lachte kurz auf. »Das lese ich in jedem Roman mindestens einmal. Sind Sie Schriftsteller oder so was?«

»Aber es glitzert doch, oder etwa nicht? Frauen stehen auf Glitzer und Gefunkel.«

Lena schmunzelte. Da saß sie nun mit diesem gut gebauten Kerl im Park und unterhielt sich über Glitzer und die Farbe des Himmels. Sie hatte immer noch etwas Dreck an den Schuhen, immer noch ein defektes Garagentor und die Arbeit im Büro stapelte sich nach wie vor. Doch auf sonderbare Weise verlor all das immer mehr seine Schwere.

»Ich muss zugeben, dieses Blau ist Balsam für die Seele«, seufzte sie, während sie noch einmal versonnen den Himmel betrachtete.

Tim nickte zustimmend.

»Vorausgesetzt, man nimmt sich die Zeit, mal hinzuschauen«, sagte er und richtete sich auf. »Schade, ich muss jetzt los. Würde mich lieber noch mit Ihnen unterhalten und dabei die Sonne genießen, aber leider muss ich arbeiten.«

»Als Schriftsteller, stimmts?«, scherzte Lena und grinste.

Tim schüttelte den Kopf.

»Nein, ich kümmere mich um Menschen wie Sie.«

»Um Menschen wie mich?« Verwundert zog Lena die Augenbrauen hoch.

»Genau! Die, die ständig angespannt herumlaufen, immer unter Strom stehen. Irgendwann landen sie bei mir auf der Liege und ...«

»Aha, Sie sind Seelenklempner!«

»Knapp daneben. Masseur! Ich knete nicht die Seele, sondern die Verspannungen meiner gestressten Mitmenschen«, erklärte Tim, während er den kurzen weißen Stock nahm, der links von ihm auf der Bank lag. Lena hatte ihn nicht sehen können und beobachtete nun irritiert, wie Tim den Stock verlängerte, indem er ihn zweimal aufklappte.

»Sie sind …« Entsetzt hielt Lena den Atem an.

»… blind«, vollendete Tim ihren Satz. »Sprechen Sie es ruhig aus.« Er stand auf, wandte sich ihr zu und lächelte. »Ich wünsche Ihnen noch einen wunderbaren Tag. Und machen Sie die Augen auf! Es gibt so viel Schönes zu sehen!«

»Mach ich«, erwiderte Lena sichtlich schockiert und schluckte schwer. Tim nickte kurz und ging. Doch nach wenigen Schritten drehte er sich noch einmal zu Lena um.

»Seit ungefähr neun Jahren bin ich von Dunkelheit umgeben. Wissen Sie, was die Ironie daran ist? Seit ich blind bin, sehe ich manches klarer. Vieles, worüber ich mich früher aufgeregt hätte, erzeugt heute nur noch ein Achselzucken. Doch ich wünschte mir, ich hätte die schönen Dinge um mich herum bewusster genossen, als ich sie noch sehen konnte. Sie sind wie kleine Geschenke, die uns das Leben macht. Ob nun das Blau des Himmels oder glitzerndes Wasser – dass wir diesen Anblick genießen können, ist nicht selbstverständlich.« Er schluckte schwer, drehte sich um und ging.

Lena sah Tim eine Weile hinterher, während sie über seine Worte nachdachte. Dann hob sie ihren Blick, betrachtete noch einmal das wolkenlose Blau und ließ ihre Augen schließlich über das satte Grün der Bäume wandern. Eine Trauerweide spiegelte sich im

Teich und einige ihrer langen, bogenförmigen Zweige berührten das Wasser, auf dem etwas abseits pinkfarbene Seerosen leuchteten.

›Die Schönheit der Natur gehört ganz sicher zu den kleinen Geschenken, die das Leben für uns bereithält‹, dachte Lena mit einem zufriedenen Lächeln, ›wir müssen uns nur die Zeit nehmen, sie zu entdecken.‹

Der Joker

Martin nahm seine Tochter fest in den Arm.

»Ich wünsche dir einen wunderbaren Urlaub, Kristin.«

»Danke Papa.«

»Du hast uns noch nicht deinen Schlüssel gegeben, mein Schatz«, stellte ihre Mutter fest, während sie ihre Jacke anzog. »Ich soll doch sicher deine Blumen gießen und ab und zu mal nach dem Rechten sehen.« Kristin schüttelte den Kopf.

»Nein, dieses Mal ... dieses Mal nicht.«

»Nicht? Wieso nicht?«, fragte Daniela verwundert.

»Weil ...« Sie wich dem Blick ihrer Mutter aus. »Weil die Dinger ruhig vertrocknen können. Will mir nach dem Urlaub sowieso neue kaufen.«

»Na gut, wenn du meinst. Aber hin und wieder schauen, ob alles okay ist, sollte ich schon. Habe ich doch sonst auch gemacht, wenn du ...«

»Mama«, stieß Kristin genervt hervor und sah sie mit weit aufgerissenen Augen an. »Nein!«

Martin grinste, legte den Arm um die Schulter seiner Frau und zog sie sanft an sich. »Nun komm, du Glucke, lass uns verschwinden. Gleich kommen ihre Freundinnen zu Besuch. Da sollten die Eltern nicht mehr im Weg herumstehen.«

Kristin warf ihrem Vater einen kurzen, dankbaren Blick zu.

»Ich rufe euch an, sobald ich auf Malle gelandet bin. Versprochen! Und ich schreibe dir täglich eine WhatsApp, Mama, damit du beruhigt sein kannst, dass ich weder verhungert, verdurstet noch gekidnappt worden bin.«

Daniela kniff ihre Augen zu schmalen Schlitzen zusammen und legte den Kopf schräg. »Wirklich sehr witzig.«

Ihre Tochter schmunzelte und öffnete ihren Eltern die Tür.

»Und seid bitte nicht böse, wenn ich vor meinem Urlaub nicht mehr vorbeikomme. Es sind nur noch ein paar Tage und ich muss noch einiges erledigen.«

»Kein Problem«, erwiderte ihr Vater, zwinkerte ihr zu und trat ins Treppenhaus. Daniela folgte ihm und gemeinsam gingen sie zum Parkplatz.

»Irgendetwas stimmt nicht«, sagte Daniela, als sie im Auto saßen. »Sonst hat Kristin uns immer ihren Schlüssel gegeben.« Nachdenklich schüttelte sie den Kopf. »Irgendetwas stimmt nicht. Das spüre ich.« Mit hochgezogenen Brauen sah Martin seine Frau an.

»Nur, weil sie uns dieses Mal den Schlüssel nicht gibt?« Er lachte kurz auf und ließ den Wagen an. »So ein Blödsinn. Unsere Tochter ist vierundzwanzig. Sie wird ihre Gründe haben.«

»Wir werden sehen«, seufzte Daniela besorgt.

»Hör bitte auf, dir Gedanken zu machen. Alles ist gut.«

»Aber findest du nicht, dass mit Kristin immer alles zu glatt lief?«, fuhr sie fort. »Es gab so gut wie keine Probleme. Die Schule, die Ausbildung. Manchmal frage ich mich, ob sie die Pubertät übersprungen hat.«

»Ist jetzt nicht dein Ernst, oder?« Martin warf ihr einen kurzen, fassungslosen Blick zu. »Muss es denn unbedingt Probleme geben?«

»Ja, spätestens in der Pubertät. Die Kinder rebellieren, finden alles ätzend – besonders das Handeln ihrer Eltern. Das ist völlig normal. Und Kristin? Nichts davon! Sie akzeptierte Grenzen und Regeln widerspruchslos. Für sie war es das Wichtigste, dass es anderen gut ging und sie zufrieden mit ihr waren.«

»Und was willst du damit sagen?«

»Ich will damit sagen, dass sie die Rebellion jetzt vielleicht nachholt?«

»Oh bitte! Sie gibt uns einmal die Schlüssel nicht, und du fängst an zu fantasieren.«

»Ich habe das Gefühl, dass etwas nicht stimmt. Und um ehrlich zu sein, dieses Gefühl habe ich nicht erst seit heute. Hast du gemerkt, dass sie meinem Blick ausgewichen ist?«

»Huhuuu … sehr verdächtig«, scherzte Martin. Daniela rollte mit den Augen und zog es vor, vorerst ihre Gedanken für sich zu behalten.

Nachdem sie zuhause angekommen waren, lenkte sie sich mit Hausarbeit ab. Doch kaum lag sie im Bett, musste sie wieder an ihre Tochter denken. Unruhig wälzte sie sich von einer Seite auf die andere. »Immer noch Kristin?«, hörte sie plötzlich Martins Stimme neben sich.

»Ja … tut mir leid. Da ist dieses Gefühl, ich werde es einfach nicht los.« Daniela setzte sich auf die Bettkante. »Ich werde ein wenig mit dem Auto herumfahren. Du weißt, das hilft mir, um runterzukommen.«

»Klar, wenn wir uns gestritten haben und du auf hundertachtzig bist, hilft es dir. Aber jetzt machst du dir Sorgen. Das ist etwas anderes.«

»Mag sein, aber ich muss einfach nochmal raus.«

»Soll ich mitkommen?«

»Nein, ich wäre gern einen Moment allein. Danach geht's mir bestimmt besser.« Sie stand auf, schlüpfte in ihren Jogginganzug, holte den Wagen aus der Garage und fuhr los.

Sie genoss die Lichter der Stadt und die fast menschenleeren Straßen. Im Radio sang Phil Collins ›Can't stop loving you‹ und Daniela begann, leise mitzusingen. Doch dann sah sie plötzlich Kristins roten Golf vor einer Spielothek stehen.

»Das kann nicht sein«, stieß sie leise hervor. »Was zum Teufel machst du hier, mitten in der Nacht?« Irritiert sah sie sich um. Alle Geschäfte hatten geschlossen, nur in dieser Spielothek brannte noch Licht. Sollte sie hineingehen und nachschauen, ob Kristin dort war? Aber was sollte ihre Tochter nachts um eins in einer Spielhalle verloren haben? Nervös knabberte Daniela auf der Unterlippe, während sie fieberhaft darüber nachdachte, was Martin tun würde. Im Gegensatz zu ihr, ging er stets sachlich an alles heran. »Nichts überstürzen! Du fährst jetzt zurück und sprichst mit ihm«, befahl sie sich selbst, wendete und fuhr heim.

»Geht's dir besser«, fragte Martin, als sie ins Schlafzimmer kam.

»Du bist noch wach?«

Ihr Mann knipste die Nachttischlampe an. »Meinst du, ich kann beruhigt schlafen, während du mitten in der Nacht alleine durch die Gegend fährst?« Mit müden Augen sah er sie an und gähnte.

»Ich habe Kristins Auto gesehen. Es parkt vor einer Spielothek. Ich glaube, sie ist da drin.«

»Wie bitte?« Martin setzte sich auf und sah seine Frau ungläubig an. »Es ist ganz sicher ihr Wagen?«

Daniela nickte.

»Zuerst wollte ich reingehen. Meinst du, es wäre richtig gewesen?« Fragend sah sie ihn an, doch er reagierte nicht, sondern starrte gedankenverloren vor sich hin. »Martin! Meinst du, es wäre richtig gewesen?«, wiederholte sie ihre Frage.

»Ist es die Spielothek in der Reinstraße?«

»Ja. Aber wieso kommst du ausgerechnet auf die?« Misstrauisch sah sie ihn an. »Weißt du mehr als ich?«

»Nein. Aber meine Schwester erzählte mir vor kurzem, sie hätte Kristins Auto vor dieser Spielothek gesehen, als sie zur Nachtschicht fuhr. Ich habe es dir nicht erzählt, weil ich es für Blödsinn hielt. Du kennst Jutta. Sie glaubt ständig, irgendwo irgendjemanden gesehen zu haben.« Er rollte mit den Augen. »Dazu kommt, dass sie einen Golf nicht von einem Porsche unterscheiden kann«, fügte er sarkastisch hinzu. »Was mich nun aber doch beunruhigt, ist, dass Kristin mich in letzter Zeit häufig um Geld angepumpt hat? Sie wird doch wohl nicht …« Er unterbrach sich selbst und zog die Stirn kraus.

»Du meinst … sie spielt?« Entsetzt riss Daniela ihre Augen weit auf.

»Wir fahren dahin«, stieß Martin hervor, warf seine Bettdecke beiseite und stand auf.

»Jetzt?« Sie schluckte. »Du willst sie jetzt zur Rede stellen? Wäre es nicht besser, wenn wir nach ihrem Urlaub mit ihr darüber reden?«

»Wir werden sehen. Wir wissen ja noch gar nicht, ob sie überhaupt dort ist. Vielleicht hat sie nur vor der Spielhalle geparkt, weil sie eine Freundin besucht, die in der Nähe wohnt. Weißt du das? Und sollte sie tatsächlich in dieser Spielhalle hocken, dann sagen wir, wir wären nur so herumgefahren und hätten dabei zufällig ihr Auto gesehen.«

Er lächelte gequält und zuckte mit den Schultern. »Stimmt ja auch … irgendwie.«

Als Daniela und Martin die halbdunkle Spielothek betraten, empfing sie sofort das Geklimper der Automaten, deren bunte Lichter im Takt der Melodie blinkten. Walzen rotierten ratternd, stoppten und zeigten bunten Symbole an. Vor den Automaten, die an den Wänden entlang aufgestellt waren, standen dunkelbraune hohe Drehsessel, von denen nur noch wenige besetzt waren. Nervös sah sich Martin nach seiner Tochter um.

»Was machen Sie denn hier?«, hörten sie plötzlich eine vertraute Stimme.

»Vanessa?«, stieß er überrascht hervor. »Du bist auch hier?«

»Wieso auch?«

»Na, ich meine, mit Kristin. Ihr Auto steht doch vor der Tür.«

»Ach so!« Vanessa winkte ab. »Sie leiht mir zurzeit ihren Wagen, wenn ich Nachtdienst habe. Mein Auto ist in der Werkstatt.« Sie schmunzelte. »Warum? Haben Sie geglaubt, Kristin schlägt sich hier die Nacht um die Ohren und verprasst ihre Kohle?«

»Ehrlich gesagt, ja«, schaltete sich Daniela ein. »Aber könnte das unter uns bleiben? War eine blöde Idee, hier aufzukreuzen. Kristin ist schließlich erwachsen.«

Vanessa fuhr mit Daumen und Zeigefinger auf ihren Lippen entlang, als schloss sie einen Reißverschluss. »Ich werde schweigen wie ein Grab.«

»Danke schön.« Daniela und Martin nickten ihr kurz zu und gingen zum Ausgang.

»Warten Sie bitte!«, rief Vanessa plötzlich und kam ihnen hinterher. »Darf ich Sie etwas fragen?«

»Natürlich.« Martin lächelte freundlich. »Worum geht's?«

Unsicher sah Vanessa zwischen den beiden hin und her.

»Ich möchte Sie wirklich nicht beunruhigen, aber … ist mit Kristin alles okay? Sie ist seit einigen Monaten so anders.«

Irritiert kräuselte Martin die Stirn. »Was meinst du mit *so anders*?«

»Na ja, sie zieht sie sich von allen Freunden zurück, lässt niemanden an sich heran. Besuchen dürfen wir sie auch nicht mehr, schon gar nicht überraschend. Wir sehen, dass Licht bei ihr brennt, aber sie öffnet uns einfach nicht. Ehrlich gesagt, wundert es mich, dass Kristin nach Malle fliegt.«

»Die Woche Mallorca ist ein Geschenk von uns, zu ihrer bestandenen Prüfung.«

»Stimmt schon, aber eigentlich unternimmt sie schon lange nichts mehr. Alle Einladungen lehnt sie ab. Kommt zu keiner Party mit. Sie macht ihren Job und hockt ansonsten nur in ihrer Bude. Selbst den Autoschlüssel bekomme ich zwischen Tür und Angel ausgehändigt. Wenn einer von uns fragt, was los sei, schweigt sie sich aus. Wir kriegen sie kaum noch zu Gesicht.«

»Aber ihr wart doch gestern erst bei ihr!«

Überrascht zog Vanessa die Augenbrauen hoch.

»Ach? Das wüsste ich aber.«

Martin sah seine Frau irritiert an. »Warum hat sie behauptet, ihre Freundinnen kämen sie besuchen?«

»Vielleicht, damit wir sie in Ruhe lassen und gehen.«

»Ganz genau«, stimmte Vanessa zu. »Sie will immer alleine sein. Anfangs hatte ich es verstanden, weil sie für die Prüfung lernen musste. Wenn die Firma 4.000 Euro für 'ne Weiterbildung zur Finanzbuchhalterin hinblättert, will man es natürlich nicht vermasseln. Aber die Prüfung liegt jetzt hinter ihr.« Hilflos zuckte sie mit den

Schultern. »Irgendwie habe ich das Gefühl, da ist was faul. Oder wie sehen Sie das?«

Daniela nickte. »Sehe ich genauso.« Besorgt sah sie ihren Mann an. »Schon die zweite mit einem unguten Gefühl.«

»Na gut. Wir reden mit ihr, wenn sie aus Spanien zurück ist«, beschloss Martin. »Aber wer weiß, vielleicht tut ihr der Urlaub so gut, dass sie dann wieder die alte ist. Warten wir's ab.«

»Dein Wort in Gottes Ohr«, seufzte Daniela.

Nachdem Kristin aus dem Urlaub zurückgekehrt war, hatte sie sich kurz telefonisch bei ihren Eltern gemeldet. Ein Treffen lehnte sie jedoch ab, da sie an ihren letzten Urlaubstagen noch viel zu erledigen hätte. Sie vertröstete ihre Eltern mit dem üblichen ›demnächst‹. Doch kurz darauf klingelte bei ihnen eines nachts das Telefon. Schlaftrunken nahm Daniela den Hörer ab.

»Haas«, murmelte sie.

»Klinikum Süd, Lea Grote. Ich bin Schwester auf der Intensivstation. Spreche ich mit Frau Daniela Haas?«

»Ja«, bestätigte sie und war schlagartig hellwach.

»Frau Haas, Ihre Tochter hat mich gebeten, Sie anzurufen. Sie wurde vor einigen Stunden eingeliefert und …«

»Hatte sie einen Unfall?« Daniela spürte, wie ihr Herz heftig zu klopfen begann.

»Bitte … machen Sie sich keine Sorgen. Es geht ihr den Umständen entsprechend gut. Mehr darf ich Ihnen aus Datenschutzgründen am Telefon nicht sagen. Es tut mir leid.«

»Ich komme sofort«, stieß Daniela panisch hervor und legte auf.

Vom Auto aus rief sie in der Firma ihres Mannes an. Ausgerechnet in dieser Nacht musste Martin arbeiten. Sie erreichte ihn nicht sofort, aber ein Kollege versprach, ihn zu informieren. Die Klinik lag nicht weit entfernt, doch für Daniela schien der Weg endlos. Tausend Gedanken kreisten in ihrem Kopf und sie atmete erleichtert auf, als sie endlich die Einfahrt des Krankenhauses sah. Sie parkte den Wagen und eilte zur Intensivstation, wo eine Schwester sie um etwas Geduld bat. Daniela setzte sich auf einen der Stühle, die auf dem neonbeleuchteten Flur standen, und wartete.

Wieder schien die Zeit still zu stehen. Doch dann, nach einer gefühlten Ewigkeit, trat ein junger Mann an sie heran. Ganz in Grün gekleidet, ein Mundschutz hing locker unter seinem Kinn.

»Dr. Westphal«, stellte er sich vor und reichte ihr die Hand. »Ihre Tochter hat mich von der Schweigepflicht entbunden und mich gebeten, mit Ihnen zu sprechen. Kommen Sie kurz mit ins Dienstzimmer. Dort sind wir ungestört.«

»Bitte, sagen Sie mir endlich, was passiert ist«, bat Daniela ihn verzweifelt, während sie ihm folgte. »Wie geht es Kristin?«

»Den Umständen entsprechend. Ich erkläre Ihnen gleich alles in Ruhe.« Mit einer kurzen Handbewegung bat er sie ins Zimmer und bot ihr einen Platz an. Dann setzte er sich hinter seinen Schreibtisch. »Frau Haas, Ihre Tochter rief den Notarzt, weil sie starke Schmerzen im Brustkorb verspürte und unter Atemnot litt. Wie sich nun herausstellte, hatte sie eine überdurchschnittlich große Menge an Nahrung zu sich genommen. Wir sprechen über einem Nahrungsvolumen von ca. 3,5 Litern. Das sind fast 1,5 Liter mehr als ein Magen durchschnittlich aufnehmen kann.«

Daniela schluckte.

»Das kann doch nicht sein«, seufzte sie wie benommen.

»Die extreme Belastung des Magens führte schließlich zu Herz-Kreislauf-Problemen. Das Schmerzgefühl im Brustkorb ist sehr wahrscheinlich auf eine entzündete Speiseröhre zurückzuführen. Ich vermute, durch häufiges Erbrechen über einen längeren Zeitraum. Wir werden eine …«

»Eine entzündete Speiseröhre? Häufiges Erbrechen?« Irritiert sah sie ihn an.

»Ich habe mit Ihrer Tochter gesprochen und vermute, dass sie an Bulimie leidet. Eine Essstörung, bei der wiederholt riesige Mengen Nahrung innerhalb kürzester Zeit aufgenommen und wieder erbrochen werden.«

»Warum macht sie das?«, presste sie entsetzt heraus, vorbei an dem Knoten in ihrem Hals.

»Ich werde eine Magenspiegelung veranlassen«, fuhr er fort, »so erhalten wir ein Bild über den Zustand von Speiseröhre und Magenwand. Ihre Tochter benötigt dringend psychologische Hilfe.«

»Ich spürte schon lange, dass etwas nicht stimmt«, erwiderte Daniela leise. »Aber, dass es so ernst ist …« Gedankenverloren schüttelte sie den Kopf und starrte ins Leere.

»Alles wird gut, Frau Haas«, versuchte der Doktor sie zu beruhigen. »Ich bringe Sie jetzt zu Ihrer Tochter. Sie dürfen sie sehen, aber nur ein paar Minuten. Sie braucht jetzt Ruhe.«

Daniela nickte verständnisvoll. »Kann ich etwas tun oder Kristin etwas sagen, um ihr zu helfen?«, fragte sie unsicher.

»Was Sie als Eltern langfristig tun können, weiß ich nicht. Ich bin kein Psychologe. Was Sie ihr sagen können? Warum lassen Sie nicht einfach Ihr Herz sprechen? Folgen Sie Ihrer inneren Stimme, sie weiß, was richtig ist – vertrauen Sie ihr.« Er lächelte mitfühlend und stand auf. »Kommen Sie! Ich bringe Sie zu Ihrer Tochter.«

Daniela schluckte schwer, als sie den halbdunklen Raum betrat und ihr Mädchen dort liegen sah. Sie schlief und wirkte so zerbrechlich, in diesem klobigen Krankenhausbett – angeschlossen an einem Gerät, das ihren Herzschlag überwachte. Plötzlich erinnerte sich Daniela an damals, als Kristin noch ein Kind war. Jede Nacht war sie vorm Schlafengehen noch einmal zu ihrer Kleinen ins Kinderzimmer gegangen, um sich zu vergewissern, dass es ihr auch wirklich gut ging. Und nun? Nun stand sie wieder an ihrem Bett – auf einer Intensivstation. Hatte sie als Mutter versagt? Ihre innere Stimme zu lange ignoriert? Während ihre Gedanken kreisten, trat sie leise näher. Als sie neben dem Bett stand, öffnete Kristin ihre Augen.

»Es tut mir leid, ich wollte dich nicht wecken«, flüsterte Daniela und streichelte ihrer Tochter über die Hand.

»Hast du nicht, Mama. Ich habe gefühlt, dass du da bist«, hauchte sie benommen. »Bist du noch böse, weil ich dir den Schlüssel nicht gegeben habe?«

Daniela schossen Tränen in die Augen und sie lächelte wehmütig.

»Das ist doch jetzt so unwichtig, mein Schatz. Natürlich bin ich nicht böse.«

»Mein Kühlschrank war voll Essen, die Schränke auch. Ich hatte Angst, dass du es siehst und dann …«

»Kristin. Du musst dich nicht rechtfertigen.«

»Ich möchte es dir aber erklären, Mama.« Erschöpft sah sie ihre Mutter an. »Mir fiel das Lernen so schwer. Nichts konnte ich mir richtig merken. Wenn ich an die Prüfung dachte, wurde ich panisch.

Ich wollte diese blöde Weiterbildung eigentlich gar nicht. Aber ich konnte doch meinem Chef nicht vor den Kopf stoßen. Und du und Papa, ihr wärt auch enttäuscht von mir gewesen.« Eine Träne rollte über ihre Schläfe und sickerte in ihr dunkles Haar. »Irgendwann fing ich an, immer mehr zu essen. Manchmal konnte ich gar nicht mehr aufhören. Ich habe gegessen bis mir übel wurde, bis ich kaum noch atmen konnte. Mama, es tut mir so leid, dass ich euch diesen Kummer bereite. Ich wollte das nicht.«

»Du brauchst dich nicht zu entschuldigen, Kristin. Für gar nichts.«

»Du bist nicht böse?« Kristins Gesicht war kreideweiß und unter ihren dunklen Augen lagen tiefe Schatten. Ihr Anblick zerriss Daniela das Herz.

»Ich bin dir nicht böse. Nicht im Geringsten. Papa und ich, wir beide helfen dir da wieder raus. Du bist nicht allein. Wir schaffen das – gemeinsam.«

Kristin lächelte schwach und schloss ihre Augen.

»Danke«, sagte sie kaum hörbar und schlief ein. Daniela streichelte ihr sanft über die Wange, beugte sich zu ihr hinunter und küsste sie auf die Stirn. Als sie sich wieder aufrichtete, fiel ihr Blick auf die kleinen blinkenden Lichter des EKG-Gerätes, und plötzlich musste sie an die Glücksspielautomaten denken. War vielleicht das ganze Leben ein einziges Glücksspiel? Bekam vielleicht jeder von uns, am Tag der Geburt, seine Karten für das Spiel des Lebens zugeteilt? Und wenn ja, wer bestimmte, ob wir genügend gute Karten erhielten, um die Kämpfe zu gewinnen, die uns erwarteten?

Daniela wusste keine Antworten darauf. Nur in einem war sie sich sicher. Diesen Kampf gewann Kristin; denn sie hatte einen Joker im Spiel: Die bedingungslose Liebe ihrer Eltern.

Unbezahlbar

Martha Penne ging an die Kommode, nahm ihr Portemonnaie heraus und öffnete es. Nachdenklich kräuselte sie die Stirn.

»Habe ich dir das Geld für die Creme schon gegeben, Sabine?«
Ihre Tochter schüttelte den Kopf.

»Nein, aber das musst du auch nicht.« Liebevoll strich sie ihrer Mutter über den Rücken. »Morgen, nach der Dusche, soll eine Pflegerin dir helfen, dich einzucremen. Oder soll …« Martha brachte ihre Tochter mit einem strafenden Blick zum Schweigen.

»Auch wenn ich schon 83 bin, eincremen kann ich mich immer noch alleine.«

»Oh mein Gott! Entschuldige!« Sabine rollte mit den Augen und setzte sich an den kleinen Mahagonitisch, der direkt vor dem bodentiefen Fenster stand.

»Es tut mir leid, ich wollte dich nicht so anfahren. Ich weiß, du meinst es gut. Aber dieses Gefühl, dass ich beklaut werde, macht mich wahnsinnig.« Akribisch durchsuchte sie jedes einzelne der Fächer ihres Portemonnaies. »Ich glaube, es fehlt schon wieder Geld«, seufzte Martha und schüttelte verständnislos den Kopf. »Ich begreife das nicht.«

»Letzte Woche hast du mir auch schon erzählt, dass du glaubst, jemand sei an deinem Portemonnaie gewesen«, stellte Sabine fest und stand auf. »Es reicht, ich gehe zur Heimleitung.«

»Nein, bitte nicht«, stieß Martha hervor.

»Warum nicht? Irgendetwas muss unternommen werden.«

»Ich gehe der Sache selber auf den Grund.«

»In deinem Alter solltest du nicht mehr auf Verbrecherjagd gehen«, scherzte Sabine und grinste.

»Verbrecherjagd«, wiederholte Martha empört. »Das du gleich immer so übertreiben musst.«

»Wieso übertreibe ich? Diebstahl ist nun mal ein Verbrechen! Und ich denke …«

»Zunächst möchte ich etwas abklären, bevor wir die Heimleitung einschalten«, unterbrach Martha ihre Tochter. Sabine kniff die Augen zu schmalen Schlitzen zusammen.

»Weißt du etwa, wer dich bestiehlt?«

»Sagen wir mal, ich habe einen Verdacht. Und wenn ich tatsächlich recht habe sollte, möchte ich wissen, was dahintersteckt, bevor wir diese Gewitterhexe aus der Heimleitung informieren.«

»Na gut. Einverstanden. Du machst sowieso was du willst. Aber du bist vorsichtig!« Eindringlich sah Sabine ihre Mutter an. »Nicht, dass dir etwas passiert.«

»Meine Güte, ich jage keinen Serienmörder«, erwiderte Martha genervt. »Hast du eventuell drei Zehner für mich? Du bekommst sie in den nächsten Tagen zurück.«

»Oh Mann, ich will gar nicht wissen, was du vorhast«, nuschelte Sabine kopfschüttelnd, kramte kurz in ihrer Tasche und reichte ihrer Mutter die Scheine. Martha grinste, steckte das Geld in ihr Portemonnaie und legte es auf den Tisch. »Na, wenn du das hier so offen herumliegen lässt, Mama, dann musst du dich nicht wundern. Du solltest …«

»Abendbrotzeit!«, fiel Martha ihrer Tochter ins Wort. »Ich muss mich sputen! Nicht, dass mir der alte Hansen wieder alles wegfuttert.« Martha grinste und nahm ihren Rollator.

»Okay, hab schon verstanden.« Sabine winkte ab und begleitete sie zum Speisesaal. »Tschüss, Miss Marple«, scherzte sie, gab ihrer Mutter einen Kuss und ging.

»Hallo Frau Penne, wie geht es Ihnen?«, erkundigte sich Laura, als Martha sich an den Tisch setzte.

»Na ja, es knackt und knirscht im Gebälk, aber was soll man von den morschen Knochen erwarten?« Martha zwinkerte der jungen Frau zu, die seit fast zehn Monaten in dem Seniorenheim ihr Freies Soziales Jahr absolvierte. Sie war gerade achtzehn geworden und sprühte vor Lebensfreude, was auf einige der Bewohner geradezu ansteckend wirkte. »Laura, darf ich Sie um etwas bitten? Mir ist kalt, leider habe ich meine Strickjacke im Zimmer vergessen. Sie hängt über dem Stuhl. Wären Sie vielleicht so nett und würden mir die Jacke holen?«

»Natürlich!« Eh sich Martha versah, rannte Laura los, kehrte kurz darauf zurück und half der alten Dame in ihre Jacke.

»Ich danke Ihnen.«

»Sehr gern geschehen!« Laura lächelte und streichelte Martha liebevoll über den Rücken. Dann wandte sie sich einem alten Herrn zu, dem sie geduldig und einfühlsam das Essen reichte. Martha beobachtete die beiden eine Weile. Sie liebte die respektvolle und herzliche Art, mit der Laura die alten Menschen behandelte und hoffte von ganzem Herzen, dass sich ihr Verdacht nicht bestätigte.

Nach dem Abendessen ging Martha wieder auf ihr Zimmer. Sofort schaute sie in ihr Portemonnaie und musste feststellen, dass tatsächlich ein Zehner fehlte. So sehr hatte sie gehofft, dass sie sich irrte. Nicht Laura! Nicht dieses liebenswürdige Mädchen! Enttäuscht setzte sie sich in ihren Sessel und dachte nach. Hatte sie sich dermaßen in diesem Mädchen geirrt? Das konnte nicht sein. Aber was brachte Laura dazu, so etwas zu tun? »Ich brauche darauf eine Antwort, sonst werde ich verrückt«, seufzte sie. Entschlossen stand sie auf und ging zurück in den Speisesaal, wo Laura gerade einigen Bewohnern den Tee nachschenkte.

»Laura, macht es Ihnen etwas aus, bei mir reinzuschauen, bevor sie nach Hause gehen?«

»Heute?« Sie verzog leicht das Gesicht. »Eigentlich muss ich nach der Arbeit sofort weiter. Ich gebe montags immer Englisch-Nachhilfe.« Laura presste die Lippen fest aufeinander und überlegte. »Okay«, sie nickte kurz, »ein paar Minuten sind wohl drin.«

»Ich danke Ihnen«, erwiderte Martha mit einem angespannten Lächeln und ging zurück auf ihr Zimmer.

»Da bin ich«, trällerte Laura fröhlich, als sie anderthalb Stunden später das Zimmer der alten Dame betrat und sich zu Martha gesellte, die in ihrem großen hellbeigen Sessel saß.

»Lieb von Ihnen, dass Sie sich die Zeit nehmen. Es dauert auch wirklich nicht lange. Versprochen!«

Laura winkte ab. »Kein Problem. Ich habe meine Schülerin angerufen und ihr gesagt, dass ich etwas später komme. Machen Sie sich keine Gedanken. Also, was kann ich für Sie tun, Frau Penne?«

Martha zögerte kurz und atmete schwer durch. Diese freundliche junge Frau zur Rede zu stellen, fiel ihr weitaus schwerer als erwartet.

»Nun gut«, sagte sie schließlich. »Ich möchte nicht lange um den heißen Brei herumreden. Mir ist aufgefallen, dass mir hin und wieder Geld aus dem Portemonnaie geklaut wurde. Haben Sie eine Idee, wer hier im Heim so etwas machen könnte? Wer eine alte Dame bestiehlt? Lauras Lächeln verschwand, sie schluckte und sah

Martha wie versteinert an. »Mit der Heimleitung habe ich darüber noch nicht gesprochen, weil …«

»Sie haben es noch nicht gemeldet?«, stieß Laura überrascht hervor. »Warum nicht?«

»Ich wollte zunächst hören, was Sie dazu sagen. Vielleicht haben Sie eine Vermutung, wer diese diebische Elster sein könnte.«

Laura lächelte bitter. »Und dann?«, fragte sie ängstlich. »Wenn Sie wüssten wer es ist? Was passiert dann?«

»Dann würde ich fragen, warum er – oder sie – mich bestohlen hat.« Laura sah verlegen hinunter auf ihre Hände.

»Ich wollte das nicht, ehrlich nicht. Es ist einfach passiert und …«

»Also doch«, seufzte Martha enttäuscht.

»Es tut mir so leid. Ich habe so etwas noch nie getan.«

»Haben Sie auch andere Bewohner bestoh…«

»Nein!«, stieß Laura hervor und hob erschrocken den Blick. »Wirklich nicht!«

»Und warum war ich die Auserwählte?«

»Ich habe Sie nicht ›auserwählt‹, Frau Penne. Ich hatte es nicht geplant, es ist einfach passiert. Ich war für Sie einkaufen. Blumen sollte ich besorgen. Erinnern Sie sich? Sie hatten mir Ihr Portemonnaie mitgegeben, ich sah das Geld und … griff einfach zu.« Fassungslos über sich selbst schüttelte sie den Kopf. »So etwas habe ich noch nie getan. Noch am gleichen Tag habe ich es bereut. Ehrlich!«

»Trotzdem haben Sie mich ein zweites Mal bestohlen und heute auch.« Martha sah Laura über den Rand ihrer Brille an. »Warum, Laura?«

»Wollen Sie das wirklich wissen?« Die junge Frau verzog gequält das Gesicht. »Reicht es nicht, wenn ich Ihnen einfach das Geld zurückgebe?« Martha schüttelte den Kopf.

»Nein, ehrlich gesagt, reicht mir das nicht.«

»Hab ich mir schon gedacht«, seufzte sie und atmete schwer durch. »Also: Meine Freundin Delia geht nach Paris und macht in einem mega Luxushotel eine Ausbildung zur Restaurantfachfrau. Ihre Mutter hat vor einem Jahr einen stinkreichen Hotelier geheiratet, der hat mal eben seine Beziehungen spielen lassen.«

»Eine Ausbildung in Paris? In einem Luxushotel? Oh lá lá!« Martha nickte beeindruckt. »Ohne Beziehungen kommen wir armen Schlucker da auch nicht ran.« Dann kräuselte sie die Stirn. »Aber was hat das mit Ihnen zu tun?«

»Demnächst richtet ihr Stiefvater eine fette Abschiedsfeier aus. Sie müssen wissen, Frau Penne, seit der Heirat ihrer Mutter lebt meine liebe Freundin in«, Laura malte pantomimisch zwei Anführungszeichen in die Luft, »*gehobenen Verhältnissen*«. Irritiert hob Martha die Augenbrauen.

»Und das bedeutet?«

»Frau Penne! Verstehen Sie nicht?« Fassungslos starrte sie Martha an. »Delia lebt in einem riesigen Haus mit Pool, einer fetten Sauna, einem Wintergarten. Und Autos haben die, ich glaube für jeden Wochentag ein anderes.« Dann riss sie die Augen weit auf. »Die haben sogar Hausangestellte!« Beeindruckt schüttelte sie den Kopf und lehnte sich zurück. »Delia und ich, wir waren mal sehr gute Freundinnen. Irgendwann haben wir uns verkracht, wegen einer Nichtigkeit. Vor kurzem trafen wir uns zufällig wieder und sie lud mich doch tatsächlich zu ihrer Abschiedsfeier ein.« Laura blickte Martha mit großen Augen an. »Verstehen Sie jetzt das Problem?« Die alte Dame schüttelte den Kopf.

»Ehrlich gesagt, nein.«

Laura warf Martha einen verzweifelten Blick zu.

»Na … jeder bringt ein Geschenk mit.«

»*Das* ist das Problem?«, erwiderte Martha verblüfft.

»Frau Penne! Ich kann da nicht mit billigem Modeschmuck oder 'ner Flasche Wein vom Discounter antanzen. Zum Beispiel Saskia, eine gemeinsame Freundin, sie will bei einem Juwelier eine teure Halskette für Delia kaufen. Ein ganz edles Teil!«

Martha nickte. »Verstehe! Und Sie können da nicht mithalten.«

»Keine Chance! Meine Eltern leben getrennt, mein Vater zahlt keinen Unterhalt, meine Mutter hat gerade ihren Job in der Drogerie verloren. Ich buttere sogar mein FSJ-Gehalt dazu, weil wir sonst nicht klarkommen.« Traurig zuckte Laura mit den Schultern. »Ich möchte Delia aber auch gerne etwas Besonderes kaufen. Und dann … dann sah ich das Geld in Ihrem Portemonnaie … na ja, den Rest kennen Sie. Ich hätte es Ihnen aber irgendwann zurückgegeben, irgendwie wieder heimlich ins Portemonnaie gesteckt. Ganz bestimmt!« Nachdenklich sah sie ins Leere. »Die anderen haben bestimmt teure und wertvolle Geschenke für Delia«, seufzte sie.

»Das kann Ihnen doch egal sein, Laura. Wichtig ist doch nur …«

»Ich will aber nicht, dass die über mich lästern«, fiel sie Martha ins Wort. »Und das werden sie, wenn ich da mit irgendeinem Mist aufkreuze.«

»Sie sind schwer beeindruckt von dem vielen Geld, kann das sein? Von Paris, dem Haus, den Autos, dem Swimmingpool.«

»Na, und ob ich beeindruckt bin! Ich befürchte, wenn Mr. Hotelier vor mir steht, in seinem Armani-Anzug, kriege ich kein Wort heraus.« Martha lachte kurz auf.

»Ach Laura! Darf ich Ihnen einen kleinen Rat geben? Wenn Sie auf Menschen treffen, die Sie einschüchtern, dann stellen Sie sich die doch einfach splitterfasernackt vor. Sie werden feststellen, wir sind alle gleich. Daher besteht nicht der geringste Grund, vor anderen Menschen in Ehrfurcht zu versinken.«

»Ihn mir nackt vorstellen?« Laura zog eine Grimasse. »Das Bild bekäme ich nie wieder aus dem Kopf. Aber trotzdem danke für den Tipp, wenn es auch das andere Problem nicht löst. Ich würde Delia so gerne etwas richtig Wertvolles schenken. So, wie die anderen es tun. Wenn Delia in Paris lebt, soll sie mein Geschenk immer an mich erinnern.«

»Muss es denn teuer sein, oder reicht es, wenn es wertvoll ist?«

»Das ist doch dasselbe.«

»Nicht unbedingt! Ein Preisschild sagt nicht immer aus, wie wertvoll etwas ist.« Irritiert kräuselte Laura die Stirn und beobachtete Martha, wie sie aufstand, zur Kommode ging und aus einer der Schubladen eine kleine Schatulle herausholte. »Ich zeige Ihnen jetzt das wertvollste Schmuckstück, das ich jemals besessen habe.« Sie öffnete die Schatulle und reichte ihr einen Ring, der silbern schimmerte. Laura legte ihn auf ihre Handfläche und betrachtete ihn skeptisch.

»Aber das ist doch kein Ring. Also, kein richtiger meine ich.« Schließlich nahm sie ihn zwischen ihre Finger und sah noch einmal genau hin. »Ist das etwa Alufolie?«, fragte sie abfällig, ohne ihren Blick von dem vermeintlichen Schmuckstück abzuwenden.

»Es ist der erste silberne Ring, der mir vor ungefähr sechzig Jahren geschenkt wurde.«

Laura hob ihren Blick und sah die alte Dame verwirrt an.

»Er ist aus Alufolie, Frau Penne! Ich gebe zu, er schimmert silbern, aber Alufolie bleibt Alufolie.« Martha lachte laut auf und setzte sich wieder in ihren Sessel.

»Sie müssten Ihr Gesicht sehen, meine Liebe. Sie überlegen gerade, wie Sie mir schonend beibringen, dass ich senil sei, stimmt's? Aber es gibt eine Geschichte dazu. Möchten Sie sie hören?«

»Wie Alufolie zu einem Schmuckstück wird?« Laura grinste. »Klar, schießen Sie los!«

»Ich war 22 als ich meinen Mann Robert kennen lernte. Es war für uns beide Liebe auf den ersten Blick«, schwärmte sie gedankenverloren. »Wir waren gerade ein halbes Jahr zusammen, als er für einige Monate ins Ausland abberufen wurde. Einige Tage vor seiner Abreise unternahmen wir eine Radtour zu einem nahegelegenen Waldstück, um zu picknicken. Wir fanden ein Plätzchen auf einer Waldlichtung, die Vögel zwitscherten, die Sonne schien. Es war einfach herrlich!« Die Erinnerungen ließen Marthas Augen glänzen und sie blickte sehnsüchtig aus dem Fenster. »Wir aßen, tranken und träumten von einer gemeinsamen Zukunft. Plötzlich küsste er mich, dann sah er mir tief in die Augen und bat mich, ihn zu heiraten, sobald er zurück sei.« Martha sah zu Laura hinüber und grinste schelmisch. »Ich habe natürlich sofort zugegriffen. Übermütig wie ich war, wandte ich jedoch ein, dass ich es mir natürlich jederzeit wieder anders überlegen könnte, solange ich keinen Verlobungsring am Finger hätte.« Die alte Dame beugte sich etwas nach vorne. »Hätte ich doch niemals getan«, flüsterte sie und kicherte wie ein kleines Mädchen.

»Frau Penne, Frau Penne! Sie waren ja ein Früchtchen«, erwiderte Laura gespielt entsetzt.

»Na ja … jedenfalls wollte mein Robert dieses Risiko auf keinen Fall eingehen. Er stand auf, nahm sein Taschenmesser und kniff drei kurze Stücke von dem Draht ab, mit dem mein Vater meinen

Fahrradkorb notdürftig am Gepäckträger befestigt hatte. Ich traute meinen Augen nicht. Dann hat er die drei Drähte wie einen Zopf geflochten, sie mehrmals mit Stanniolpapier umwickelt und …«

»Mit was für 'n Papier?« Irritiert sah Laura die alte Dame an.

»Stanniolpapier! Meine Mutter hatte uns darin ein paar Kekse mitgegeben.«

»Verstehe, sieht genauso aus wie Alufolie. Und dann hat Ihr Robert den mit Stan… Stan…, na ja, mit diesem Zeug umwickelten Draht zu einem Ring gebogen, richtig?«

»Genau! Und die Enden hat er irgendwie zusammengedreht, aber fragen Sie mich nicht, wie er das hinbekommen hat. Natürlich kann man den Ring nicht wirklich tragen. Aber in den Monaten, in denen Robert weg war, habe ich ihn oft hervorgenommen. Meistens habe ich ihn getragen, wenn ich abends in der Stube saß. Damals bedeutete mir dieser Ring die Welt, und das tut er heute noch. Natürlich, es ist nur Draht und silbern schimmerndes Stanniolpapier, all das hat keinen Wert, doch für mich ist dieses Schmuckstück unbezahlbar.«

»Der Unterschied zwischen teuer und wertvoll«, sagte Laura nachdenklich. Martha nickte.

»Ich will Sie nicht schulmeistern, Laura. Das steht mir nicht zu. Ich danke Ihnen übrigens, dass ich die Geschichte erzählen durfte, in meinem Alter lebt man von solchen Erinnerungen. Eines muss ich allerdings noch loswerden, dann dürfen Sie endlich in Ihren verdienten Feierabend.« Martha sah Laura liebevoll an. »Sie sind ein ehrliches Mädchen, davon bin ich überzeugt. Kommen Sie nicht vom Weg ab, nur um andere Menschen zu beeindrucken. Das haben Sie nicht nötig!«

Laura schluckte, griff in ihre Tasche, nahm aus ihrem Portemonnaie dreißig Euro und legte das Geld auf den Tisch.

»Es tut mir wirklich leid, Frau Penne! Ich möchte mich entschuldigen und hoffe, Sie verzeihen mir.«

»Weiß überhaupt nicht, wovon Sie sprechen«, erwiderte sie gespielt irritiert. Laura lächelte erleichtert.

»Leider muss ich jetzt los.« Sie stand auf und nahm die alte Dame in den Arm. »Danke«, flüsterte sie und verließ das Zimmer.

Drei Wochen waren vergangen, in denen sich Laura und Martha oft begegneten. Sie gingen herzlich miteinander um, so, als wäre nie etwas geschehen. Der Vorfall gehörte der Vergangenheit an, bis Laura eines Abends bei Martha im Zimmer auftauchte.

»Hallo, Frau Penne, darf ich Sie kurz stören?«

»Laura!« Martha legte ihre Zeitung beiseite. »Sie stören nie. Kommen Sie, setzen Sie sich zu mir.«

»Einen Moment bitte«, bat Laura aufgeregt, ging noch einmal vor die Tür und kam mit einem riesigen Bilderrahmen zurück.

»Ach, du lieber Schreck!« Martha schlug sich mit den flachen Händen auf ihre Wangen. »Was für ein Monster schleppen Sie denn da an?«

»Monster?«, wiederholte Laura gespielt ernst und lehnte den Rahmen gegen die Wand. »Das ist kein Monster, das ist stundenlange Arbeit!« Martha stand auf und kam näher.

»Meine Güte, wie viele Fotos sind das? Hundert?«

»Na ja, nicht ganz – aber fast! Doch eins nach dem anderen, Frau Penne. Setzen Sie sich und ich erzähle Ihnen alles.« Martha nickte und ging zurück zu ihrem Sessel.

»Also«, begann Laura, »zunächst habe ich mit Delias Vater gesprochen. Sie wissen doch, dieser reiche Hotelfritze. Habe ihn mir natürlich nackt vorgestellt«, kicherte sie, »es funktioniert! Ich fragte ihn, ob Delia in ihrer neuen Wohnung Platz hätte für so ein großes Ding.« Laura hob den Daumen. »Er gab mir grünes Licht. Den Rahmen habe ich meinem Bruder aus den Rippen geleiert. Ich glaube, früher hatte er da mal ein lebensgroßes Poster von Christina Aguilera drin. Aber die ist ja nur knapp über 1,50«, sagte Laura und lachte. Interessiert hob Martha die Augenbrauen.

»Ist das eine Sängerin? Müsste ich die auch kennen?«

»Eher nicht«, erwiderte Laura und schmunzelte. »Tja, und dann ging es los! Stundenlang habe ich die schönsten und witzigsten Fotos herausgesucht, auf denen ich mit Delia zu sehen bin. Abschlussfeier, Geburtstage, irgendwelche Feten. Alle Bilder, die mir gefielen, habe ich auf einen Stick geschoben und ab damit in die nächste Drogerie, jedes Foto nur sieben Cent!«

»Ehrlich gesagt, ich kann nicht ganz folgen«, gestand Martha und verzog ihr Gesicht. »Wo haben Sie was hingeschoben und warum?«

»Na, die Bilder! Ich habe sie nachmachen lassen!« Die alte Dame nickte. Zwar verstand sie immer noch nicht, wie es funktionierte, aber zumindest wusste sie nun, wovon Laura sprach.

»Frau Penne, was meinen Sie? Wird es Delia gefallen? Es soll sie an unsere Freundschaft erinnern, wenn sie abends alleine in Paris sitzt, nachdem sie den ganzen Tag Froschschenkel serviert hat.« Martha lachte laut auf und betrachtete Laura, die begeistert begann, zu einigen Fotos Geschichten zu erzählen.

»Es hat Ihnen richtig Spaß gemacht, diese Bilder zusammenzustellen, kann das sein?« Laura nickte.

»Es war einfach mega! Ich erinnerte mich an so viele lustige Dinge, die ich mit meiner Freundin erlebt hatte.«

»Also werden Sie nicht nur Delia beschenken, Sie haben beim Zusammenstellen der Bilder auch sich selbst beschenkt.«

»Irgendwie schon, das kann man so sagen.« Laura warf einen Blick auf ihr Kunstwerk und lächelte zufrieden. Dann wandte sie sich an Martha. »Ich glaube, ich habe Sie lange genug aufgehalten, Frau Penne. Aber übermorgen ist die Abschiedsfeier und ich wollte Ihnen vorher unbedingt zeigen, was ich Delia schenken werde.« Dann schleppte sie den Rahmen wieder vor die Tür, kam noch einmal zurück und nahm Martha in den Arm. »Danke noch einmal, dass Sie es nicht der Heimleitung gemeldet haben.« Sie ließ von der alten Dame ab und holte einen kleinen, versilberten Bilderrahmen aus ihrer Tasche. Es war ein Foto darin, das Martha und Laura zeigte, entstanden auf der Faschingsfeier des Seniorenheimes. »Ist kein echtes Silber, aber auch keine Alufolie«, scherzte Laura augenzwinkernd und überreichte ihn Martha.

»Ich weiß gar nicht, was ich sagen soll.«

»Sie brauchen auch nichts zu sagen, Frau Penne. Ist doch schön, wenn man sich gegenseitig etwas Gutes tun kann. Und machen Sie sich keine Gedanken, der Rahmen kostete nicht die Welt.«

»Aber mir bedeutet er die Welt«, erwiderte sie gerührt und fuhr mit ihrem Finger über das Foto.

»Das freut mich!« Laura nickte der alten Dame kurz zu und ging zur Tür.

»Ich wünsche Ihnen einen schönen Abend bei Ihrer Freundin. Sie können das Geschenk mit Stolz überreichen«, rief Martha ihr hinterher. Laura blieb im Türrahmen stehen und drehte sich noch einmal um.

»Ganz sicher sind die Geschenke der anderen so richtig teuer, aber mein Geschenk – mein Geschenk ist unbezahlbar.« Sie zwinkerte Martha kurz zu und ging. Die alte Dame lehnte sich zurück und lächelte zufrieden – ihre Laura hatte verstanden!

Nur Engel leben ewig

Inge Jacobsen blieb im Türrahmen des Kinderzimmers stehen und beobachtete ihre vierjährige Enkelin Pia, die gedankenverloren mit ihren Puppen spielte.

»Hat da etwa jemand unseren Spaziergang vergessen?«, fragte Inge mit gespieltem Ernst und stemmte ihre Hände in die Hüften.

»Oooma!«, rief Pia, stürmte auf Inge zu und drückte ihr einen feuchten Kuss auf die Wange.

»Brot für die Enten habe ich auch dabei.« Inge hielt eine Papiertüte in die Höhe. »Das wird ihnen bestimmt schmecken!« Pia strahlte und schlüpfte sofort in ihre Sandalen.

»Ach Manno, ich kriege diese doofen Schuhe nicht zu«, jammerte sie, zog eine Flunsch und warf Inge einen hilflosen Blick zu. »Hilfst du mir, Oma?«

»Aber na klar helfe ich dir!« Inge zwinkerte ihrer Enkelin liebevoll zu und erfüllte ihr die Bitte.

»Auf gehts!«, rief Pia strahlend. Dann nahm sie Inges Hand und gemeinsam machten sie sich auf den Weg.

Am Teich des nahegelegenen Stadtparks setzten sie sich im Schatten einer Weide auf eine Holzbank. Sofort kamen die Enten, die sich schnatternd um jeden Brotkrümel stritten, den Pia auf den Boden warf. Als nichts mehr in der Tüte war, lehnte sie sich zurück und schaute in den Himmel.

»Emmas Oma ist gestorben«, begann sie zu erzählen. »Emma ist meine Freundin, weißt du. Mama hat gesagt, Emmas Oma ist jetzt ein Engel. Und Mama hat gesagt, sie lebt jetzt im Himmel, aber sie kann Emma trotzdem sehen.« Traurig sah Pia ihre Oma an und schüttelte den Kopf. »Aber das geht ja gar nicht, von ganz da oben kann die Oma gar nichts sehen, oder?« Inge hob die Augenbrauen und nickte. »Oh doch, das kann sie.«

»Warum?«

»Weil sie ein Engel ist, Engel können das.«

»Wohnt sie jetzt auf einer Wolke?«

Inge schaute in den wolkenfreien Himmel und überlegte kurz.

»Also ich glaube, dass Engel auf den Sternen leben.«

»Warum?«

»Weil die Wolken manchmal weg sind, aber die Sterne, die sind immer da, Tag und Nacht.«

»Auch am Tag?« Pia riss ihre Augen weit auf.

Inge nickte. »Du siehst sie dann nicht, weil es hell ist, doch sie sind da, und darum glaube ich, dass die Engel auf den Sternen leben, damit sie uns immer sehen können.«

»Bist du auch irgendwann ein Engel, Oma?«

Inge schluckte und strich sanft über Pias blonde Locken.

»Ja, irgendwann bin ich auch ein Engel.«

»Wie doof. Ich will aber viel lieber, dass du für immer hier bei mir bleibst.«

»Ich würde auch gerne für immer bei dir bleiben. Doch leider geht das nicht, darum sollten wir viele schöne Dinge unternehmen, solange wir zusammen sind.«

»So wie Enten füttern und Eis essen«, erwiderte Pia und kicherte kurz. »Ich glaube, Oma, wenn du ein Engel bist und bei den Sternen wohnst, bin ich traurig und muss weinen, weil, dann kann ich dich ja nicht mehr sehen, weil ich ja nicht so weit gucken kann wie ein Engel.«

128

»Aber du kannst mich doch trotzdem sehen, Pia. Jederzeit, Tag und Nacht, egal wo du bist.«

»Auch, wenn ich im Kindergarten bin?«

»Na klar!«

»Und wie geht das?« Pia legte ihren Kopf schräg und sah Inge neugierig an.

»Du hast doch einmal mit Emma und ihrer Oma Kekse gebacken, stimmt's?« Pia nickte.

»Gut, dann schließe jetzt deine Augen und denke daran. Aber nicht blinzeln!« Kräftig kniff Pia ihre Augen zu und ihre Sommersprossen-Stupsnase kräuselte sich. »Denke ganz fest daran. Tust du das?« Die Kleine nickte erneut. »Dann sage mir jetzt, was du siehst.«

»Schokoladenkekse!«

Inge lachte kurz auf. »Okay, was siehst du noch?«

»Ich sehe Emma und mich, wir stechen Kekse aus.«

»Und sonst siehst du niemanden? Schaue genau hin!«

»Doch, ich sehe auch Emmas Oma. Sie schiebt die Kekse in den Ofen. Das durften wir nicht, weil nämlich der Ofen ganz tüchtig heiß war.«

»Und sagt sie auch etwas? Höre genau hin!« Pia saß ganz still da, immer noch hielt sie ihre Augen fest geschlossen, während ihre kleinen Finger nervös mit ihrem Rocksaum spielten.

»Emmas Oma sagt, wir dürfen die Schüssel ausschlecken.«

»Siehst du, wenn du deine Augen schließt und ganz fest an jemanden denkst, dann siehst du ihn und hörst sogar seine Stimme. Wann immer du willst, verstehst du, was ich meine?«

»Aber das ist ja nicht so richtig in echt.« Pia öffnete ihre Augen und schaute ihre Großmutter enttäuscht an.

»Das stimmt! Aber ich finde es trotzdem schön. Darum ist es wichtig, dass man viel Zeit miteinander verbringt und ganz viele tolle Dinge unternimmt.«

»Dann macht man die Augen zu und kann es sehen«, sagte Pia und lachte.

»Genau! Das sind dann unsere Erinnerungen. Weißt du, ich hatte mal eine ganz liebe Freundin, die schon sehr lange bei den Sternen wohnt. Immer, wenn sie etwas ganz besonders Schönes erlebt hat, nahm sie ein Glitzersteinchen, diese Steinchen, mit denen ...«

»Die, mit denen ich immer meine Ketten mache?«, fiel Pia ihrer Oma ins Wort.

»Genau! Jedes Mal, wenn sie etwas besonders Schönes erlebt hatte, schrieb sie es auf einen kleinen Zettel und legte ihn zusammen mit einem Glitzersteinchen in eine große Schale. Und wenn meine Freundin traurig war, dann sah sie sich ihre vielen bunten Glitzersteinchen an, las die Zettel und erinnerte sich an die schönen Dinge, die sie erlebt hatte.«

»Und dann war sie gar nicht mehr so doll traurig.«

»Richtig!«

Pia lehnte sich zurück und schaute nachdenklich in den Himmel.

»Können Engel auch sterben?«

»Nein, Pia, Engel können nicht sterben, Engel leben ewig«, erklärte Inge und spürte plötzlich eine Hand auf ihrer Schulter, und im selben Augenblick erwachte sie aus ihrem Traum.

»Frau Jacobsen«, hörte sie jemanden sagen.

»Pia?«, fragte Inge flüsternd und sah sich irritiert im Zimmer um.

»In Ihrem neuen Fernsehsessel kann man wohl herrlich träumen, was?« Die Pflegerin des Altenheimes lächelte Inge liebevoll an. »Ich komme später noch einmal zu Ihnen, Frau Jacobsen. Sie kriegen jetzt nämlich gerade Besuch.«

Inge nickte zustimmend, dann schüttelte sie fassungslos den Kopf.

»Ich muss tatsächlich eingenickt sein.«

»Und hättest beinahe unseren Spaziergang verschlafen«, hörte sie Pia sagen, die im Türrahmen stand und mit gespieltem Ernst ihre Hände in die Hüften stemmte. Inge lachte kurz auf und zwinkerte ihrer Enkelin zu. »Unseren Spaziergang verschlafen? Niemals!«

»Futter für die Enten habe ich auch dabei.« Pia hielt einen Beutel mit altem Brot in die Höhe.

»Na, dann mal los«, erwiderte Inge. Vorsichtig stand sie auf und verzog schmerzvoll das Gesicht, während sie mit ihren Händen über ihren Rücken rieb. »Mit 86 wollen die alten Knochen nicht mehr so richtig.« Vorsichtig schlüpfte sie in ihre Schuhe. »Machst du sie mir bitte zu, wer weiß, ob ich wieder hochkomme.«

»Na klar, kein Problem! Ich sag dir, Oma, wenn mein Babybauch so weiterwächst, wird mir auch bald jemand dabei helfen müssen«, scherzte Pia und erfüllte ihrer Großmutter die Bitte. Dann machten sie sich auf den Weg in den Park.

»Als deine Mutter noch klein war, haben wir hier auch die Enten gefüttert«, erinnerte sich Inge wehmütig, als sie sich auf ihre Bank setzten. »Das ist eine halbe Ewigkeit her. Und dann habe ich mit dir hier viele schöne Stunden verbracht. Wenn ich mal nicht mehr bin, Pia, dann musst du mit deinem Zwerg hier sitzen und die Enten füttern«, sagte Inge und zeigte auf das Bäuchlein, das sich unter Pias Bluse wölbte.

»Wie, wenn du mal nicht mehr bist?« Gespielt irritiert sah Pia ihre Oma an. »Das hier ist unsere Bank, wenn hier einer sitzt, dann wir beide!«

»Ich wünschte mir auch, es würde ewig so weitergehen. Aber alles hat nun mal seine Zeit, Pia.« Inge atmete tief durch und ließ ihren Blick über den Teich schweifen, auf dessen grün schimmernder Oberfläche eine Entenfamilie mit ihren Jungen schwamm. Vögel zwitscherten und in den violetten Glockenblumen nahe der Bank tanzten drei Schmetterlinge.

»Jeder Tag mit dir, hier auf unserer Bank, ist mir ein Glitzersteinchen wert«, sagte Pia plötzlich und lächelte gedankenverloren.

»Daran erinnerst du dich?« Inge schaute ihre Enkelin verwundert an. »Von dem Tag, an dem ich dir von den Steinchen erzählte, habe ich heute geträumt.«

»Es ist schade, Oma, dass ich das mit den Glitzersteinchen nie gemacht habe. Ich wünschte mir, ich hätte es.«

»Es ist noch nicht zu spät«, erwiderte Inge. »Eine besondere Zeit liegt vor dir, wenn dein Zwerg erst auf der Welt ist, wirst du viele wundervolle Erinnerungen sammeln können.« Pia lächelte zustimmend und streichelte über ihren Bauch. Dann zog sie ihre Stirn kraus und zuckte mit den Schultern.

»Irgendwie ist es heute ganz besonders schön hier, und trotzdem bin ich traurig, aber auch glücklich, also irgendwie beides. Weißt du, was ich meine?« Inge nickte, nahm die Hand ihrer Enkelin und drückte sie sanft. Noch eine ganze Weile saßen sie einfach nur da und genossen ihr Zusammensein.

Jener Nachmittag war der letzte, den Pia mit ihrer Großmutter verbrachte. Acht Tage später verließ die alte Dame diese Welt, mit einem Lächeln auf den Lippen und einem Herzen voller Erinnerungen. Vielleicht war es das, was Pia gespürt hatte – die Kostbarkeit dieses Augenblicks, dieses letzten Zusammenseins und zugleich die Wehmut über dessen Vergänglichkeit.

Nach der Trauerfeier erhielt Pia von ihrer Mutter eine kleine Schale, randgefüllt mit bunten Glitzersteinchen.
»Kurz vor ihrem Tod bat deine Oma mich, diese Steinchen zu besorgen. Sie wollte sie dir zur Geburt deines Babys schenken. Ich hielt es für ein eigenartiges Geschenk, doch sie sagte, du würdest schon verstehen.« Pia nickte und lächelte unter Tränen. Ihre Mutter atmete tief durch und sah ihre Tochter liebevoll an. »Und dies sollte ich dir nach ihrem Tod geben.« Sie überreichte Pia eine Karte und ein goldenes Armkettchen. Pia nahm es und streichelte liebevoll über den kleinen goldenen Stern, der an dem Kettchen hing. Dann las sie, was auf der Karte stand.

Meine liebste Pia!
Bist du traurig, dann blicke zu den Sternen und sei gewiss, ich sehe dich und lächle dir zu. Irgendwann werden wir wieder beisammen sein, auf einem dieser Sterne warte ich auf dich – du weißt ja, Engel leben ewig!
Und möchtest du mich sehen, dann schließe einfach deine Augen …
In Liebe, deine Oma

Das Hochzeitsgeschenk

Katrin Schneider warf einen kritischen Blick auf den festlich gedeckten Tisch, heute feierten Jochen und sie ihren vierten Hochzeitstag. Alles sollte an diesem Abend perfekt sein. Drei rote Kerzen in der Mitte des Tisches und dunkelrote Stoffservietten, zu klassischen Fächern gefaltet, bildeten einen wunderbaren Kontrast zum weißen Porzellan und zur weißen Tischdecke. Eine einzelne Baccara-Rose verlieh dem Ganzen eine gewisse Romantik.

»Okay«, murmelte Katrin, »nicht sehr einfallsreich, aber elegant.« Zufrieden ging sie in die Küche, die erfüllt war vom verlockenden Duft der Lasagne, die im Ofen garte. Sie öffnete gerade eine Flasche Rotwein, als sie ein Motorengeräusch in der Garagenauffahrt hörte. Sofort warf sie einen Blick auf die Uhr. »Pünktlich fertig«, lobte sie sich selbst, eilte ins Wohnzimmer, stellte den Wein auf den Tisch und zündete die Kerzen an. Dann ging sie in den Flur. Noch kurz ein prüfender Blick in den Spiegel, das neue Etuikleid saß wie angegossen, mit spitzen Fingern zupfte sie ihren Pony zurecht. Erwartungsvoll sah sie zur Haustür. Wo blieb Jochen? Enttäuscht stellte sie fest, dass sich das Motorengeräusch wieder entfernte. Beim Blick aus dem Flurfenster sah sie gerade noch, wie ein fremdes Auto davonfuhr – mal wieder hatte jemand ihre Auffahrt als Wendeplatz benutzt. »Wo bleibst du denn?«, seufzte sie, als im gleichen Moment das Telefon läutete. Katrin schloss entsetzt ihre Augen. »Das ist jetzt nicht wahr«, sagte sie leise. Sie ahnte, was nun kam. Nein, verdammt! Sie wollte sich jetzt nicht Jochens Erklärungen anhören. Trotzig stellte sie sich vor das Telefon und wartete.

»Guten Abend, Frau Schneider«, hörte sie die Stimme von Jochens Sekretärin auf dem Anrufbeantworter, »hier ist Frau Malin. Ihr Mann hat mich gebeten, Ihnen auszurichten, dass es etwas später wird. Er hat noch kurzfristig einen Mandanten angenommen. Ich wünsche Ihnen noch einen schönen Abend. Auf Wiederhören.«

Katrin schluckte.

»Warum sollte es heute anders sein als sonst?«, zischte sie zynisch. Seit fast einem Jahr, seit Jochen als Partner in die Anwaltskanzlei seines Freundes eingestiegen war, kannte er nur noch seine Arbeit. Katrin hatte seine Erklärungen und Entschuldigungen satt. Sie blies die Kerzen aus, nahm sich ein Glas Wein und trank es in einem Zug leer, dann füllte sie das Glas erneut, ging damit ins Schlafzimmer und stellte es auf ihren Nachttisch. »Du bist 35 Jahre alt, Katrin Schneider, aber naiv wie ein Schulkind«, schimpfte sie, während sie ihr schwarzes Etuikleid gegen ihren Pyjama tauschte und sich ihr langes blondes Haar zu einem Pferdeschwanz zusammenband. »Für ihn zählt nur seine Arbeit. *Dich* braucht er nicht!«, erklärte sie der Frau im Spiegel. »Aber jetzt weiß ich, was er braucht«, wetterte sie weiter. Entschlossen nahm sie Stift und Schreibblock, hockte sich im Schneidersitz auf ihr Bett und schaltete ihren Laptop ein. »Wollen wir doch mal sehen, ob wir das Passende für dich finden«. Wenige Minuten später lächelte sie zufrieden, während sie die Ergebnisse ihrer Suche auf einem Bogen Papier notierte. Dann stand sie auf, ging zur Kommode und nahm aus einer der Schubladen eine Geschenkschachtel und dunkelrotes Schleifenband heraus. Sie liebte es, Geschenke hübsch zu verpacken und so hatte sie solche Dinge glücklicherweise immer vorrätig. Zurück auf dem Bett, rollte sie den Bogen Papier auf, band die Schleife darum und legte ihn in die

135

Schachtel. Anschließend nahm Katrin ihr Glas, erhob es feierlich und betrachtete Jochens Foto, das auf dem Nachttisch stand. »Auf dich, Liebling!«, prostete sie ihm zu. »Diesen Hochzeitstag wirst du so schnell nicht vergessen!« Sie grinste höhnisch, leerte das Glas und rief ihre beste Freundin an, um ihr zu erzählen, was geschehen war. Es tat einfach gut, mit Biggi darüber zu reden. Nachdem sie ihr Gefühlschaos bei ihr abgeladen hatte, fühlte sie sich erleichtert. Der Rotwein, angereichert mit einer kräftigen Dosis Schadenfreude, wiegte sie schließlich in den Schlaf. Erst gegen Mitternacht, als Jochen zu ihr ins Bett kroch, wachte Katrin wieder auf, doch sie tat, als schliefe sie fest. Seine Entschuldigungen interessierten sie nicht mehr. Wenn sie sich sein übliches Geschwafel jetzt anhörte, würde sie womöglich komplett ausrasten. Und *das* gehörte ganz sicher nicht zu ihrem Plan …

»Moin, Schatz«, murmelte Jochen, als er am Morgen in die Küche kam und den frischen Duft seines Duschgels hinter sich herzog. »Ist erst halb acht. Warum bist du so früh aufgestanden?«

»Es heißt, morgens um sieben sei die Welt noch in Ordnung. Wollte mal schauen, ob das stimmt.«

»A-ha«, erwiderte er sichtlich irritiert, »muss ich jetzt nicht verstehen, oder?« Katrin schüttelte den Kopf. Sie spürte, wie sich ihr Magen schmerzhaft zusammenzog. Jochen setzte sich, nahm sich einen Kaffee und schlug die Zeitung auf. »Und?«, fragte er beiläufig, ohne seinen Blick von der Zeitung abzuwenden.

»Was und?«

»Ist die Welt noch in Ordnung?«

»Leider nicht! Alles Gute zum Hochzeitstag, Jochen.« Ihre Hand zitterte leicht, als sie ihm die kleine Schachtel neben seine Tasse legte.

»Verdammt … unser Hochzeitstag!« Jochen ließ die Zeitung sinken, legte den Kopf in den Nacken und fuhr mit der Hand durch sein feuchtes Haar. »Natürlich, deswegen sollte ich pünktlich zuhause sein.« Dann schaute er Katrin zum ersten Mal an diesem Morgen an. »Tut mir leid. Wir gehen schick essen, okay? Versprochen!«

Katrin empfand plötzlich Mitleid mit ihm. Wie ein kleiner Junge, der etwas ausgefressen hatte, saß er da, in seinem dunkelblauen Frottee-Bademantel, mit den zerzausten Haaren und den tiefen Schatten unter seinen Augen. Sollte sie ihn bitten, das Geschenk nicht zu öffnen?

»Morgen Abend gehen wir zwei essen, Katrin. Oder übermorgen! Genau kann ich es noch nicht sagen. Einige Mandanten können nur abends, und die sind …«

»… wichtiger als ich«, vollendete Katrin seinen Satz und spürte, wie sich ihr Mitleid wieder in Luft auflöste.

»Natürlich sind sie das nicht! Aber es gibt Fristen, die eingehalten werden müssen«, rechtfertigte Jochen sich, während er die Schachtel öffnete, den Bogen Papier herausnahm und die Schleife abstreifte. »Wenn ich Fristen versäume, dann …« Jochen stockte und starrte auf das Blatt Papier. Dann sah er Katrin fragend an. »Eine Telefonliste?«

»Genau! Ich hoffe, dass ich nichts vergessen habe.« Jochen verstand kein Wort. Erneut studierte er die aufgelisteten Namen und Telefonnummern.

»Wäscherei Lind, Die Putzteufel, Pizzadienst, Bügelservice, 24h-Lieferservice«, murmelte er vor sich hin. »Was soll ich damit?«

»Ich brauche eine Beziehungspause, Jochen. Diese Liste deckt alles ab, wofür ich in den letzten Monaten unserer Ehe zuständig war. Du wirst also gar nicht bemerken, dass ich weg bin. Perfekt, oder?« Süffisant lächelnd verstrich sie einen Klecks Marmelade auf ihrem Toast.

»Das ist nicht dein Ernst?« Jochen lachte bitter auf.

»Doch, natürlich ist das mein Ernst. Mach dir keine Sorgen. Ich habe an alles gedacht! Der Bügelservice zum Beispiel – wie gemacht für dich. Die holen deine Hemden ab und bringen sie gebügelt zurück. Alles im 24-Stunden-Service, per Mausklick bestellbar! Ist das nicht genial? Du musst nicht einmal deinen Schreibtisch verlassen«, erklärte sie mit gespielter Begeisterung und biss von ihrem Toast ab. »Der Pizzadienst? Traumhaft! Der liefert sogar bis 0 Uhr. Falls es bei dir mal wieder *etwas* später wird, so wie gestern.«

»Jetzt verstehe ich! Du bist sauer, weil ich gestern länger im Büro war, richtig?« Er zuckte verständnislos mit den Schultern. »Aber das kennst du doch.«

»Ganz genau! Das kenne ich! Und ich habe es satt.«

»Eine Beziehungspause?« Er lachte erneut kurz auf und schüttelte den Kopf. »Das hat dir doch deine Busenfreundin Biggi eingeredet. Ihr Kerl hat sie verlassen, und nun steckt sie ihre Nase in unsere Ehe.«

»*Er* hat nicht *sie* verlassen, *sie* hat *ihn* vor die Tür gesetzt«, verbesserte Katrin ihren Mann.

»Sie ihn – er sie, wer wen verlassen hat spielt keine Rolle.«

»Für Biggi schon!«, wandte Katrin ein und grinste. Dann trank sie ihren Kaffee aus, stand auf und stellte die Tasse in die Spülmaschine. »Jedenfalls werde ich erst mal zu Biggi ziehen«, fuhr sie fort, »bis ich mir klar darüber bin, ob ich dies alles noch will. Ich habe sie gestern Abend angerufen, ich kann bei ihr …«

»Ob du *was* noch willst?« Mit hochgezogenen Brauen starrte er seine Frau an.

»Diese Ehe«, erklärte sie knapp. Dann ging sie in den Flur und nahm ihre Jacke und den Koffer, der bereits gepackt in der Ecke stand.

»Du gehst? Jetzt? Einfach so?«, empörte sich Jochen wild gestikulierend, während er ihr zur Haustür folgte.

»Nein, nicht einfach so. Einfach ist es ganz sicher nicht. Ich liebe dich nämlich, aber was *du* brauchst ist eine Haushälterin, keine Ehefrau. Denk mal drüber nach – wenn es deine Zeit erlaubt.« Mit einem lauten Schlag ließ sie die Tür hinter sich ins Schloss fallen und ging.

Katrin fuhr zu dem Reisebüro, in dem Biggi arbeitete. Vom Auto aus hatte sie ihre Freundin darüber informiert, dass alles planmäßig gelaufen war und sie sich auf dem Weg zu ihr befand.

»Okay, wir haben natürlich Kunden, die eine Last-Minute-Reise buchen, aber bisher hatte noch keiner den Koffer schon im Auto liegen«, scherzte Biggi und nahm Katrin in den Arm.

»Sehr witzig!« Katrin lächelte bitter. »Bist du mal wieder in den Farbtopf gefallen, Biggi?«, konterte sie. »War die Haarfarbe gewollt oder ein Unfall?« Biggi ließ von ihr ab, ging einen Schritt zurück und wuselte mit ihren Fingern durch ihre dicke, scharlachrot gefärbte Lockenpracht.

»Irres Rot, oder?«

»Stimmt! ›Irre‹ ist der richtige Ausdruck!«

»Quatsch! Schluss mit der braven, brünetten Biggi. Hatte spontan Lust auf was Neues.« Dann streckte sie ihren üppigen Busen hervor, legte ihre Hände auf ihre ebenfalls üppigen Hüften und warf Katrin einen koketten Blick zu. »Sehe ich nicht scharf aus?«

»Meine beste Freundin, die Femme fatale«, grinste Katrin.

»Femme fatale? So wirke ich? Hervorragend! Bin schließlich wieder Single. Apropos Single! Du hast es tatsächlich durchgezogen, das mit dieser ...«, Biggi malte pantomimisch zwei Anführungszeichen in die Luft, »... Beziehungspause?«

»Klar! Ich bin seine Frau und nicht seine Hausangestellte. Nun hat er Zeit, mal darüber nachzudenken.«

»Und danach wird alles besser?«, fragte Biggi skeptisch, während sie in ihrer Tasche nach ihrem Wohnungsschlüssel suchte.

»Ich bin sicher, er wird einsehen, dass sich etwas ändern muss.«

»Naaa ja, dein Wort in Gottes Gehörgang«, erwiderte Biggi und reichte Katrin den Schlüssel. »Fühl dich wie zuhause! Du kannst also gerne putzen, bügeln, kochen.«

»Witzbold! Hast du keine besseren Ideen?«

»Ehrlich gesagt, ja – die habe ich durchaus! Nach deinem Anruf gestern, habe ich mich gefragt, was du davon halten würdest, wenn ich uns einen Kurztrip raussuche? Für dieses Wochenende! Wir fahren irgendwo hin, nur wir zwei, die Femme fatale und die kühle Blonde.« Biggi versetzte Katrin mit ihrem Ellenbogen einen leichten Hieb in die Seite.

»Tolle Idee, aber leider habe ich an diesem Wochenende Frühdienst und ab Montag fünf Spätdienste. Erst danach habe ich frei, sogar sieben Tage. Aber ehrlich gesagt, mir ist auch nicht danach, wegzufahren.«

»Schade«, schmollte Biggi und schob ihre Freundin sanft zur Tür. »Ich muss jetzt wieder an die Arbeit. Mache es dir bei mir gemütlich. Und sollten dich Gewissensbisse wegen deines armen, verlassenen Ehemannes heimsuchen: Hände weg vom Telefon! Im Vorratsschrank liegt haufenweise Schokolade, daran kannst du dich vergreifen.«

»Gut zu wissen! Daran vergreife ich mich ganz sicher!« Katrin grinste, zwinkerte ihrer Freundin zu und ging.

»Schau mal, was ich hier habe«, trällerte Biggi, als sie am Abend nach Hause kam, ins Wohnzimmer stürmte und mit zwei Flugtickets vor Katrins Nase herumwedelte. »Wir zwei lassen uns von einem heißblütigen Gondoliere auf dem Canale Grande durch Venedig schippern. Samstag in einer Woche gehts los.«

»Wie bitte?« Entsetzt starrte Katrin auf die Tickets. »Bist du wahnsinnig? Niemals! Das geht nicht! Ich weiß, du meinst es gut, aber vielleicht …«

»Vielleicht was?«, fiel Biggi ihr ins Wort und stemmte ihre Hände in die Hüften. »Meinst du, Jochen macht auf Richard Gere und kommt mit einer Rose zwischen den Zähnen die Feuerleiter herauf, um seine ›pretty woman‹ aus Biggis Klauen zu befreien?«

»Ich kann doch nicht einfach nach Venedig fliegen. Was soll er denken, wenn er davon erfährt?«

»Hey, grüble ich darüber nach, was mein Ex denken könnte?« Biggi rollte übertrieben mit den Augen.

»Erstens ist Jochen nicht mein Ex, und zweitens ist es bei dir etwas anderes. Du willst dich scheiden lassen. Ich will Jochen nur wachrütteln.«

»Ach nee! Weißt du, wie schwer es ist, einen Menschen wachzurütteln, der mit offenen Augen schläft? Glaubst du wirklich, es reicht, ihm eine Telefonliste unter die Nase zu halten und alles ändert sich, wie von Geisterhand?«

Katrin zuckte hilflos mit den Achseln.

»Aber was ist, wenn er mit mir sprechen will?«

»Hallooo?« Biggi schlug sich mit der flachen Hand gegen die Stirn. »Du schmeißt dein Handy ja nicht in den Kanal, oder? Ich hoffe sogar, dass er anruft. Dann merkt er wenigstens, dass du nicht hier herumsitzt und in dein Taschentuch heulst. Und sollte er total auf der Leitung stehen, posten wir ein Foto bei Facebook. Du mit einem schnuckeligen Antonio beim Eisschlecken auf dem Markusplatz«, grinste Biggi und warf ihrer Freundin einen auffordernden Blick zu. Katrin atmete schwer durch.

»Mag ja sein, vielleicht hast du recht, aber …«

»Nix aber! Venedig, wir kommen!«

Am Flughafen war die Hölle los. Es war pures Glück, dass Biggi und Katrin noch zwei freie Plätze im Restaurant gefunden hatten, um vor dem Abflug noch einen Kaffee zu trinken.

»Gut, dass du unsere Koffer gestern schon aufgegeben hast«, sagte Katrin beim Anblick der vielen Menschen um sie herum. »War 'ne gute Idee!«

»Wie du weißt, habe ich nur gute Ideen«, scherzte Biggi. »Und nun verschwinde ich mal fix für kleine Mädchen. Gleich gehts los, und die winzigen Bordtoiletten sind nix für solche Gazellen wie mich«, erklärte sie grinsend und verließ den Tisch.

Katrin sah ihrer Freundin nach, bis diese in der Menschenmenge verschwand. Sollte sie vielleicht Biggis Abwesenheit nutzen, um schnell ihre Mails zu checken? Biggi hatte ihr zwar angedroht, das Handy im Canale Grande zu versenken, wenn sie es täte, aber was, wenn Jochen geschrieben hatte? Was, wenn er sich mit ihr treffen wollte? Gedankenverloren verteilte sie den Milchschaum auf ihrem Cappuccino, während sie gegen die Versuchung ankämpfte, ihr Handy aus der Handtasche zu holen.

»Ist hier noch frei?«, erkundigte sich eine vertraute Stimme und riss Katrin aus ihrem Gedankenkarussell.

»Jochen?« Entgeistert schaute sie ihn an. »Was machst du denn hier?«

»Dasselbe wie du! Ich warte auf meinen Flug nach Venedig«, erwiderte er und lächelte charmant.

»Du? Du fliegst nach Venedig? Wir ... also Biggi und ich ... also sie kommt gleich wieder und dann ...«, stammelte Katrin und versuchte verzweifelt, ihre Gedanken zu ordnen. Dann stutzte sie. »Woher weißt du, dass ich nach Venedig fliege?« Irritiert sah sie ihn an.

»Kannst du dir das nicht denken? Deine rote Zora tauchte in der Kanzlei auf und knallte mir eure Tickets auf den Tisch. Sie drohte mir damit, sie würde dich nach Venedig entführen und dich mit einem heißblütigen Italiener verkuppeln, wenn ich nicht augenblicklich meinen Hintern hochbekäme. Sie gab mir 24 Stunden, um mir darüber klar zu werden, was ich will. Danach sei das Angebot hinfällig.«

»Welches Angebot?« Katrin runzelte die Stirn.

»Das Angebot, dass sie ihr Ticket storniert, mir ein Ticket ausstellt, unsere Koffer – also deinen und meinen – am Abend vor der Abreise aufgibt, die Bordkarten besorgt, dich hier absetzt und sich dann vom Acker macht. Natürlich verlangte deine selbstlose Biggi eine Gegenleistung dafür, dass sie freiwillig auf Venedig und all die Antonios und Francescos verzichtete.«

»Puuh ... das hört sich nicht gut an.« Katrin zog eine Grimasse. »Was wollte sie? Dauertickets für die Shows der California Dream Boys?«

»Schlimmer! Die Autoschlüssel meines Cabrios! Ich wette mit dir, sie ist keine 500 Meter gefahren, schon hat sie den ersten Strafzettel wegen überhöhter Geschwindigkeit kassiert«, stöhnte Jochen und runzelte die Stirn.

»Warum hast du ihr Angebot angenommen?«, fragte Katrin und nahm einen Schluck von ihrem Cappuccino.

»Weil ich finde, dass wir in Venedig in aller Ruhe über dein Hochzeitsgeschenk sprechen können. Leider kann ich die Liste nämlich so nicht akzeptieren, sie ist unvollständig. Das Wichtigste fehlt!«

Verwundert hob Katrin die Augenbrauen.

»Und das wäre?«

»Die Liebe! Wen rufe ich an, wenn ich Liebe brauche?«

»*Du* hast noch Zeit für die Liebe?« Katrin tat übertrieben erstaunt. »Aber das ist kein Problem. Auch dafür lässt sich im Internet etwas finden«, schmunzelte sie.

»Die Suche kannst du dir sparen. Für die Liebe kommt nur eine einzige Frau infrage, und diese Frau sitzt hier vor mir.« Jochen wurde ernst und schaute Katrin fest in die Augen. »In Zukunft werde ich mir mehr Zeit für uns nehmen. Ich will dich nicht verlieren, Katrin, ich liebe dich. Gib mir eine Chance, es dir zu beweisen. Lasse uns die Reise nach Venedig als einen Neuanfang sehen.«

»Und die Kanzlei, deine Mandanten? Wie hast du das so schnell geregelt?«

»Welche Kanzlei? Welche Mandanten?«, erwiderte Jochen gespielt irritiert.

»Jochen! Ich bin sicher, dass du meinst, was du sagst – jetzt, in diesem Moment. Aber wenn der Alltag wieder einkehrt, wenn …«

»Im Zweifel für den Angeklagten!«, unterbrach Jochen seine Frau und schaute sie liebevoll an. Genau dieser Blick war es, den Katrin so sehr und so lange vermisst hatte. Dieser Blick, der mehr sagte als alle Worte.

»Einverstanden, Jochen. Im Zweifel für den Angeklagten! Ich gebe dir eine letzte Chance und plädiere auf eine Strafaussetzung zur Bewährung«, erklärte Katrin grinsend. Jochen stand auf und zog seine Frau an sich.

»Stattgegeben«, erwiderte er erleichtert und küsste sie zärtlich – so zärtlich, wie schon lange nicht mehr.

Das Versprechen

Es kam mit der Morgenpost: ein ganz normal aussehendes Paket in braunem Packpapier und verschnürt mit derber Doppelschnur. Es unterscheidet sich in nichts von den Tausenden anderer Pakete, wie sie die Postboten tagtäglich austragen. Mit diesem aber hat es eine besondere Bewandtnis – eine ganz besondere …

»Frau Williams, würden Sie bitte den Empfang bestätigen?« Vera Williams reagiert nicht. Erstarrt blickt sie auf das Paket, das ihr der Bote überreichte. »Frau Williams? Sie müssen gegenzeichnen, dass ich Ihnen das Paket ausgehändigt habe.«
Entgeistert sieht sie hoch. »Wie bitte?«, haucht sie benommen.
»Sie müssen unterschreiben!«
Wie ferngesteuert legt sie das Paket beiseite. Ihre Hand zittert leicht, als sie den Stift nimmt und unterschreibt.
»Alles okay mit Ihnen?« Vera nickt stumm. »Na, dann bin ich beruhigt. Wünsche Ihnen noch einen schönen Tag, Frau Williams!«
Vera nickt erneut und schließt ohne ein weiteres Wort die Tür. Sie nimmt das Paket, geht ins Wohnzimmer, setzt sich in ihren Sessel und legt es auf ihren Schoß. Vera spürt, wie ihr Herz rast. Sie atmet tief durch und schließt ihre Augen. Und plötzlich sieht sie alles wieder vor sich. Wie ein Film laufen die qualvollen Stunden vor ihren Augen ab …

Sie stand in der Küche, als ihr Sohn John zu ihr kam und sagte, es sei etwas Furchtbares passiert. Sein Gesicht war kreideweiß, sein Blick erfüllt von Verzweiflung und Angst. Er nimmt seine Mutter an die Hand, zieht sie ins Wohnzimmer und zeigt stumm zum Fernsehgerät. Ein Flugzeug war in New York in den Nordturm des World Trade Centers gerast. Der Turm, in dem ihre Tochter Celine seit zwei Jahren in einer Bank im 93. Stock arbeitete. Verzweifelt greift sie zum Telefon und versucht, Celine zu Hause zu erreichen. Immer und immer wieder wählt sie ihre Nummer. Starr vor Angst klammert sie sich an die Hoffnung, dass Celine an diesem Tag nicht im Büro gewesen ist. Doch egal, wie oft sie bei ihrer Tochter anrief, immer wieder sprang nur der Anrufbeantworter an.

Vera nimmt ihre Brille ab und wischt sich mit dem Handrücken die Tränen von den Wangen. Noch jetzt hört sie die Stimme ihrer Tochter, die fröhlich einen Rückruf versprach. Noch jetzt sieht sie die Bilder der Katastrophe vor sich, als sei es gestern gewesen. Tag und Nacht hoffte sie vergeblich auf ein Wunder, dass ihre einzige Tochter diesen Wahnsinn überlebt hatte. Als der Postbote ihr das Paket übergab, erkannte sie die Handschrift sofort. Es war die ihrer Tochter. Wehmütig schaut sie auf das Paket und streicht zärtlich mit den Fingerspitzen über die derbe Doppelschnur. Wie oft hatte sie sich über ihre Tochter lustig gemacht, weil sie immer alles verpackte, als ginge es fünf Mal um die Welt. ›*Mom, New York ist nicht um die Ecke*‹, hört sie Celines Worte, so deutlich, als saß sie neben ihr. Vera lächelt bitter, löst behutsam die Knoten, streift das Packpapier ab und zum Vorschein kommt eine dunkelrote Schachtel. Für einen Moment hält Vera inne. Was auch immer in dieser Schachtel liegt, es ist etwas Besonderes – es ist das letzte Geschenk ihrer Tochter. Die Sehnsucht nach ihrem Kind schnürt ihr die Kehle zu. Vorsichtig hebt sie den Deckel ab und blickt auf eine dunkelblaue Keksdose. Daneben liegt ein Briefumschlag und ein, in roséfarbenen Seidenpapier, verpacktes Geschenk. Rosé – Veras Lieblingsfarbe! Doch zunächst öffnet Vera die Keksdose. Ein leichter Duft von Vanille strömt ihr entgegen und Vera lächelt wehmütig. Schließlich nimmt sie das Geschenk und entfernt vorsichtig das Papier. Was sie dann sieht, zerreißt ihr das Herz. Ein gerahmtes Foto von Celine und ihrem Mann Jim. Beide lachen und winken in die Kamera. Vera ringt nach Atem, Tränen laufen über ihre Wangen. Sie lässt sich einen Moment Zeit, erst dann öffnet sie den Brief.

10. September 2001

Hey Mom,

heute ist Montag. Jim hat Spätdienst, und so ich habe Zeit, Dir mal wieder Deine Lieblingskekse zu backen. Vanille-Kipferl! Ich hoffe, Du freust dich! Ich bringe sie gleich morgen früh auf dem Weg ins Büro zur Post. Sonst sind die Kekse steinhart, bis Du sie essen kannst.

Wie gefällt Dir das Foto? Es wurde im Central Park aufgenommen. Ich finde es witzig. Wenn Du es aufstellst, dann wirst Du immer das Gefühl haben, wir würden Dir gerade zuwinken. Als ich es sah, wusste ich, dass ich es Dir unbedingt schicken muss. Ach, Mom, ich bin jetzt siebenundzwanzig, aber oft vermisse ich Dich wie ein kleines Mädchen. Erzähle Jim nichts davon, sonst glaubt er, ich sei nicht glücklich hier. Aber ich bin es, Mom, ich bin es!

Grüße meinen kleinen Bruder von mir. Wir schicken ihm ein dickes Paket zu seinem Geburtstag. Man(n) wird ja schließlich nicht jeden Tag achtzehn! Bitte verrate ihm noch nichts, okay?

Hab Dich lieb,

Deine Celine

Vera presst den Brief fest an ihre Brust. Tränen brennen auf ihren Wangen, doch sie lächelt – sie lächelt, weil sie sich an etwas erinnert, was ihre Tochter einmal zu ihr gesagt hat, kurz nachdem Bob, Johns und Celines Vater, bei einem Verkehrsunfall ums Leben gekommen war. John war damals noch zu klein gewesen, um zu verstehen, was geschehen war. Doch Celine hatte sich Gedanken darüber gemacht, wie schnell das Leben zu Ende sein konnte. Und als sei es gestern gewesen, hört Vera noch ihre Worte: ›*Weißt du, Mama, was ich tun würde, wenn ich wüsste, dass ich bald sterben muss? Ich würde dir noch ganz schnell zeigen und sagen wie doll lieb ich dich habe.*‹

Ohne es zu ahnen, hatte Celine ihr Wort gehalten. In den letzten Stunden ihres Lebens schrieb sie diesen Brief und packte es – dieses ganz besondere Paket.

Der Fremde im Spiegel

»Was kann ich für Sie tun, Herr Jensen?«, fragte Erik Theissen den jungen Mann, der soeben sein Büro betreten hatte, und musterte ihn flüchtig. Als Anwalt hatte er ein Auge und ein gutes Gespür für Menschen. Oftmals ahnte er schon, worum es ging, bevor seine Mandanten den Mund aufmachten. ›Der spielt sehr wahrscheinlich nächtelang Schlagzeug und hat 'ne Klage wegen Ruhestörung am Hals‹, dachte Erik, während sein Blick die dicken sandblonden Locken und den Dreitagebart des jungen Mannes streifte.

»Nennen Sie mich Tim, okay? Und Sie müssen nichts für mich tun, Herr Theissen. Ich bin hier, um etwas für Sie zu tun.«

Überrascht zog Erik die Augenbrauen hoch.

»Sie – für mich?« Mit einer kurzen Handbewegung bot Erik dem jungen Mann einen Platz an. Dann setzte er sich an seinen Schreibtisch und warf Tim einen interessierten Blick zu. »Dann schießen Sie mal los!«

»Ich bin ein Freund Ihrer Tochter«, erklärte Tim und sah Erik herausfordernd an. »Ich würde gerne mit Ihnen über Lea sprechen.«

Es schien, als entzogen Tims Worte dem Raum jeglichen Sauerstoff. Für einen Moment atmete Erik nicht mehr, er saß nur da, seinen Blick starr auf Tim gerichtet. »Herr Theissen? Alles okay?«

Erik nahm einen tiefen Atemzug, rückte seine Krawatte zurecht und räusperte sich.

»Ich wüsste wirklich nicht, was es da zu reden gäbe. Selbst wenn, es interessiert mich nicht. Wenn das alles ist, was Sie zu mir geführt hat, dann verlassen Sie jetzt besser mein …«

»Sie wissen, dass Lea heiraten wird. Oder nicht?«, fiel Tim Erik ins Wort. Dann nickte er kurz. »Natürlich wissen Sie das! Ihre Frau hat es Ihnen erzählt. Und Sie wissen auch, dass Ihre Tochter sich wünscht, dass Sie bei der Hochzeit dabei sind und …«

»Auf keinen Fall!« Abweisend hob Erik die Hand. »An diesem Possenspiel werde ich definitiv nicht teilnehmen.«

Tim deutete kurz auf das gerahmte Foto, das auf Eriks Schreibtisch stand.

»Und wenn es Ihr Sohn wäre, der heiratete?« Eine bedrückende Stille trat ein. »Zu seiner Hochzeit wären Sie gegangen, oder etwa nicht?«, fragte Tim schließlich und durchbrach damit das Schweigen. Erik schluckte, warf einen kurzen Blick auf das Foto und wandte sich wieder Tim zu.

»Sind Sie gekommen, um alte Wunden aufzureißen?«, erwiderte er erbost. Doch in seiner Stimme lag ein tiefer Schmerz, der Tim nicht verborgen blieb.

»Herr Theissen, ich verstehe Sie gut. Ich verstehe, dass es wirklich schwer für Sie sein muss. Ihr Sohn war Ihr ganzer Stolz! Aber Sie müssen Kevin endlich loslassen. Kevin ist …«

»Gehen Sie!«, unterbrach Erik ihn schroff, stand auf, ging zur Tür und öffnete sie. »Raus jetzt! Und zwar sofort!« Tim presste seine Lippen fest aufeinander und nickte kurz, während er der unmissverständlichen Aufforderung widerwillig folgte. In der Tür blieb er jedoch noch einmal stehen.

»Lea redet in den höchsten Tönen von Ihnen. Sie seien ein herzensguter Mensch, ein liebevoller Vater.« Tim schüttelte den Kopf. »Müssen lang zurückliegende Kindheitserinnerungen sein«, fügte er sarkastisch hinzu. »Können Sie eigentlich noch in den Spiegel schauen?«

Erik warf Tim einen warnenden Blick zu.

»Treiben Sie es nicht auf die Spitze, junger Mann!«

»Denken Sie noch einmal über alles nach, okay? Diese Hochzeit gibt Ihnen die Chance, das Kriegsbeil zwischen Ihnen und Lea zu begraben. Sie würden Ihre Tochter sehr glücklich machen und ...«

»Ich habe keine Tochter! Und ich sagte, Sie sollen gehen!«

Kapitulierend hob Tim beide Hände.

»Schon gut, ich habe verstanden. Nur noch eines, bevor ich gehe. In sieben Wochen, am 5. Mai um 12, können Sie Lea um Verzeihung bitten – durch Ihre bloße Anwesenheit. Um ehrlich zu sein, ich weiß nicht, ob ich es Ihnen so leicht machen würde.« Tim verließ das Büro, verabschiedet vom dumpfen Knall der Tür, die hinter ihm ins Schloss fiel.

In den ersten vier Tagen im Mai hatte es fast nur geregnet. Doch nun verzogen sich die dunklen Wolken und es versprach, ein wunderschöner Tag zu werden. Erik parkte seinen Wagen auf dem Seitenstreifen, direkt gegenüber vom Standesamt.

»Ich freue mich für Lea und Philipp. Bei Sonnenschein zu heiraten bringt Glück«, seufzte seine Frau verträumt, die auf dem Beifahrersitz saß und aus dem Seitenfenster schaute. Dann wandte sie sich ihrem Mann zu und lächelte sanft. »Bei unserer Hochzeit schien auch die Sonne. Weißt du noch?« Erik nickte und legte zärtlich seine Hand auf ihren Oberschenkel. »Willst du wirklich nicht mitkommen, Erik? Sie ist doch deine Tochter.« Liebevoll streichelte Sonja seine Hand. Dann zwinkerte sie ihm kurz zu. »Da ich mir den Fuß gebrochen habe, brauchst du später auf der Feier nicht mal mit mir tanzen.«

Erik lächelte mitfühlend, dann sah er hinüber auf die andere Straßenseite, wo gerade ein weißer Rolls-Royce hielt, geschmückt mit dunkelroten Rosen. Lea stieg aus, elegant gekleidet mit einem cremefarbenen Kleid, das bis zu ihren Knöcheln reichte, ihr schulterlanges braunes Haar trug sie offen. Sonja folgte dem Blick ihres Mannes und strahlte.

»Man kann sehen, wie glücklich Lea ist.« Dankbar für das Glück ihrer Tochter, atmete sie tief durch und nickte zufrieden. Dann sah sie ihren Mann eindringlich an. »Sollte es für Eltern nicht das Wichtigste sein, dass die Kinder glücklich sind? Ich weiß, dass du sie liebst. Du bist nur so entsetzlich stur und kannst nicht über deinen Schatten springen.«

»Nein, das kann ich nicht«, murmelte Erik tonlos. Dann stieg er aus, half seiner Frau aus dem Wagen und reichte ihr die Krücken. Als sie ging, sah er ihr kurz nach, dann fiel sein Blick wieder auf seine Tochter. Natürlich liebte er sie, natürlich wünschte er sich, sein Kind einfach in den Arm nehmen zu können, als hätte sich nichts zwischen ihnen geändert. Doch so einfach war es leider nicht – nicht für ihn.

»Wie ist das, wenn Sie Ihre Tochter so glücklich sehen?«, hörte Erik plötzlich eine Stimme hinter sich und drehte sich um.

»Tim!«, stieß er überrascht hervor.

»Ich parke direkt hinter Ihnen, Herr Theissen.« Tim zog die Stirn kraus. »Wie können Sie diesen kaputten Auspuff überhören?« Erik quittierte die Frage mit einem gespielten Lächeln, dann wanderte sein Blick wieder auf die andere Straßenseite. Er sah, wie sein zukünftiger Schwiegersohn etwas zu Lea sagte. Sie lachte herzlich und küsste ihn auf die Wange.

»Wie konnte das passieren? Was haben wir bei der Erziehung falsch gemacht?« Kopfschüttelnd holte er ein Foto aus seiner Brieftasche. »Das ist Kevin, da war er elf.« Stolz zeigte er Tim das Foto, gab es jedoch nicht aus seinen Händen. »Mein Sohn! Wissen Sie, ich wünschte mir immer einen Sohn. Habe davon geträumt, er würde Jura studieren und irgendwann meine Kanzlei übernehmen.« Liebevoll betrachtete Erik den kleinen Jungen auf dem Foto, der verschmitzt in die Kamera grinste. »Es waren diese üblichen Vater-Sohn-Träume«, fügte er wehmütig hinzu.

»Ich kann Sie gut verstehen, Herr Theissen. Es muss sehr schwer für Sie sein.« Erik nickte.

»Kurz nach Kevins 19. Geburtstag änderte sich alles«, fuhr er gedankenverloren fort. »Niemals werde ich diesen Tag vergessen ...«, verständnislos schüttelte Erik den Kopf, »... diesen Tag, an dem Kevin mir gestand, dass er sich wie eine Frau fühlte und schon als Junge lieber ein Mädchen gewesen wäre. Er sei im falschen Körper geboren, erklärte er mir, sprach von Gutachten und geschlechtsangleichenden Operationen. Damals war er bereits ein Jahr in psychologischer Behandlung. Können Sie sich das vorstellen?« Fassungslos sah er Tim an. »Nur meine Frau wusste davon. Ihr hat er sich anvertraut! Ich hatte von all dem nicht die geringste Ahnung.«

»Ist wohl geplatzt, wie 'ne Bombe, stimmt's?« Tim verzog gespielt schmerzvoll das Gesicht.

»Für mich brach eine Welt zusammen, während mein Sohn euphorisch über Hormonbehandlungen redete. Dieser Glanz in seinen Augen ...«, gedankenverloren blickte Erik ins Leere, »... ich werde nie diesen Glanz in seinen Augen vergessen. Kevin wirkte, wie von einer Last befreit.« Erik schluckte und sah wieder auf das Foto. »Kurz darauf bat ich ihn, auszuziehen. Ich konnte einfach nicht damit umgehen. Meine Frau blieb mit unserem Jungen in Kontakt. Ich glaube, als Mutter empfindet man irgendwie anders.« Hilflos zuckte Erik mit den Schultern und steckte das Foto zurück in die Brieftasche. »Fast fünf Jahre ist das alles her, aber was erzähle ich? Sie kennen sicherlich die ganze Geschichte.«

»Und es hilft Ihnen nicht, wenn Sie sehen, wie glücklich Ihre Tochter jetzt ist?«

»Natürlich will ich, dass er ...«, Erik schluckte schwer, »... dass sie glücklich ist, aber ...«

»Aber nur, solange es Ihren Erwartungen entspricht?«, fragte Tim mit einem sarkastischen Unterton. Erik tat, als hätte er die Frage nicht verstanden. »Lassen Sie die Vergangenheit los, Herr Theissen«, fuhr Tim fort. »Halten Sie nicht verbissen an einen Sohn fest, den es nicht mehr gibt und im Grunde nie gab! Sohn oder Tochter? Ist das wirklich so wichtig? Lea ist Ihr Kind! Sie sollten stolz auf Ihre Tochter sein!«

»Stolz?«, stieß Erik empört hervor.

»Ganz genau! Wenn ich an die vielen Gespräche mit Psychologen und Ärzten denke, die Ihre Tochter führen musste. An die Operationen, an die verständnislosen Blicke von sogenannten Freunden, die sie verurteilten. Ganz zu schweigen von den zweideutigen Bemerkungen, die sie sich anhören musste. Ich weiß echt nicht, ob ich das gepackt hätte« Bewundernd sah er zu Lea hinüber. »Ich habe Ihre Tochter einmal gefragt, woher sie die Kraft nahm, das alles durchzuziehen. Lea erklärte mir, dass sie immer, wenn sie sich damals, als Kevin, im Spiegel betrachtet hatte, das Spiegelbild eines Fremden sah. Dennoch hätte sie jahrelang verzweifelt versucht, sich mit dem Fremden im Spiegel anzufreunden. Doch es hat einfach nicht funktioniert.« Tim legte vorsichtig seine Hand auf Eriks Oberarm. »Sie haben nichts falsch gemacht, Herr Theissen. Im Gegenteil! Sie haben Ihr Kind zu einem selbstbewussten Menschen erzogen, der den Mut hat, für sich einzustehen und um sein Glück zu kämpfen. Was können Eltern ihren Kindern Wichtigeres mit auf den Weg geben als diesen Mut?«

»Mag sein, Tim. Aber es ist …« Erik unterbrach sich selbst und schluckte, als er Lea von der anderen Straßenseite auf sie zukommen sah. Neben ihrem Kopf schwebte ein hellroter Herzluftballon, befestigt an einem weißen Seidenband, das sie fest in ihrer Hand hielt.

»Hallo Papa«, begrüßte sie ihren Vater unsicher und lächelte verlegen. »Ich habe nicht viel Zeit, die Trauung beginnt gleich. Aber ich sah dich hier noch stehen …, und da dachte ich …, also, ich dachte …« Sie biss nervös auf ihre Unterlippe, dann atmete sie tief durch. »Jeder Gast hat einen Ballon mit einem kleinen Zettel daran, auf den er schreibt, was er Philipp und mir für die Zukunft wünscht. Nach der Trauung lässt jeder seinen Ballon steigen.« Sie legte das kleine Stück Papier, das an dem Herzluftballon baumelte, auf dem Autodach ab und reichte ihrem Vater einen Stift. »Möchtest du auch?« Erik zögerte. Doch dann nahm er seiner Tochter den Stift ab, schrieb etwas und gab Lea den Zettel zurück. »Lebe wohl«, las sie leise vor. Sie schluckte, nickte leicht, als hätte sie es geahnt, und wandte sich enttäuscht ab.

»Bitte warte!«, bat Erik plötzlich. Er griff in sein Jackett, holte die Brieftasche hervor und zog Kevins Foto aus einem der Fächer. Mit dem Stift bohrte er ein Loch in die obere rechte Ecke. Dann nahm er seiner Tochter den Luftballon ab und befestigte das Foto an dem Seidenband, direkt neben dem Zettel mit dem Abschiedsgruß. Ein letztes Mal betrachtete er wehmütig den kleinen Jungen auf dem Foto. »Es ist an der Zeit, loszulassen«, sagte er leise. Mit einem unsicheren Lächeln suchte Lea den Blick ihres Vaters.

»Bist du wirklich sicher, Papa?«, fragte sie zaghaft, fast ängstlich. Er nickte stumm und sah in ihre Augen. Sie strahlten – nein, noch viel mehr als das, in ihnen lag eine tiefe Zufriedenheit, die selbst Erik nicht mehr leugnen konnte. ›Zufriedenheit, ist es nicht das, worauf es im Leben ankommt?‹, dachte er. ›Sich selbst annehmen zu können? Sich anzufreunden, mit dem Menschen, der dich aus dem Spiegel anschaut?‹ Erik kannte die Antwort. Wie von selbst öffnete sich seine Hand und der Ballon flog davon …

Die Farben unserer Tränen

Unruhig wälzte sich Vanessa von einer Seite auf die andere, auch in dieser Nacht kam sie nicht zur Ruhe. Angespannt schaute sie auf ihren Wecker, es war kurz vor Mitternacht. Sie war so entsetzlich müde. Wenn sie doch nur schlafen könnte, und sei es nur für wenige Stunden – nur für eine kurze Zeit nicht ihre Trauer spüren, nicht ihren quälenden Gedanken ausgesetzt sein.

Nun kam auch noch der Streit mit ihrem Mann dazu, ausgerechnet an dem Tag, an dem er eine Dienstreise antrat. Sie konnten sich nicht mal mehr aussprechen, bevor er ging. Schon lange spürte sie, dass Patrick sie nicht mehr verstand. Er hatte ihr vorgeworfen, dass sie ihr Leben nicht mehr lebte, sondern es nur noch über sich ergehen ließ. Patrick verstand einfach nicht, dass ein Teil von ihr gestorben war und dass sie sich schuldig daran fühlte. Sie hatte kein Recht mehr, glücklich zu sein. Was erwartete er von ihr? Dass sie weiterlebte als sei nichts geschehen? Ihre Gedanken kreisten in ihrem Kopf. ›Ich rufe ihn an. Ich sage ihm, dass ich ihn liebe, aber noch etwas Zeit brauche‹, dachte sie, während sie sich aufsetzte und die Nachttischlampe anknipste. Sie nahm ihr Handy vom Nachttisch und starrte es nachdenklich an.

»Noch etwas Zeit?«, sagte sie kaum hörbar zu sich selbst und lächelte bitter. »An deinen Schuldgefühlen wird auch die Zeit nichts ändern.« Sie legte das Handy zurück auf den Nachttisch. Vince, ihr Schäferhund, lag auf seiner Decke vor ihrem Bett und beobachtete jede ihrer Bewegungen. Nach einer Weile stand er auf, kam näher und legte seinen Kopf auf ihre Bettdecke. »Na, alter Junge«, seufzte Vanessa und vergrub ihre Hände in seinem dichten, weichen Fell.

»Wenigstens du verstehst mich.« Zärtlich streichelte sie über seinen Kopf und seine dunklen Augen blickten traurig zu ihr auf. »Weißt du was, wir setzen uns eine Weile ans Fenster und genießen diese herrliche Frühlingsnacht und den Sternenhimmel, vielleicht lässt uns das zur Ruhe kommen.« Vanessa stand auf, schlüpfte in ihren Bademantel und zog die Hundedecke neben ihren Schaukelstuhl, der seinen festen Platz vor den bodentiefen Fenstern hatte. Dann schaltete sie die Nachttischlampe aus, zog die Gardinen beiseite und setzte sich. Vince kam dazu und legte sich auf seine Decke. Gedankenverloren betrachtete Vanessa die Sterne. »Ob sie auf einem von ihnen lebt? Ob sie uns sieht, Vince? Was meinst du?« Sie begann, mit offenen Augen von längst vergangenen Zeiten zu träumen und nach einer Weile schlief sie ein.

Es war ungefähr Eins, als Vince anschlug und sie aus dem Schlaf riss. »Vince! Aus!«, stieß sie kurz hervor und spürte, wie ihr Herz heftig gegen ihren Brustkorb schlug. »Was ist los mit dir?« Kerzengerade saß sie da, lauschte ins graublaue Halbdunkel, doch da war nichts, es war absolut still im Haus ... obwohl ..., irgendwie hatte sie das Gefühl, als wäre jemand im Raum. »Ist da jemand?«, rief sie mit zittriger Stimme. »Patrick?« Sie schluckte schwer und zog den Kragen ihres Bademantels enger. Da war jemand, ganz sicher! »Patrick, wenn dies wieder einer deiner üblen Scherze ist. Das ist nicht witzig!« Vince stand neben ihrem Schaukelstuhl, bellte erneut, winselte kurz, wich zurück und verkroch sich schließlich unter dem Bett.

»Vanessa, bitte, hab keine Angst.« Erschrocken fuhr sie zusammen, ihr Körper verkrampfte sich, panisch gingen ihre Augen hin und her. »Bitte, hab keine Angst.« Ein kalter Schauer lief über Vanessas Rücken. Sie kannte diese Stimme! Aber nein – das konnte nicht sein. Ängstlich schüttelte sie den Kopf, ihr Verstand spielte ihr einen makabren Streich, so war es, ganz sicher. Doch dann tauchte plötzlich etwas vor Vanessa auf. Es war die Silhouette einer Frau, sie stand am Fenster, das helle Mondlicht hob sich gegen sie ab, so dass ihr Gesicht im Dunkeln lag. »Auch, wenn ich nicht mehr in deiner Welt lebe, so bin ich doch immer bei dir.« Vanessa schluckte und schüttelte erneut den Kopf. Sie wollte aufspringen, davonrennen, doch ihr Körper gehorchte nicht. Wie gelähmt saß sie da, starrte gebannt auf die vertraute Fremde, die sich langsam näherte, ihre Hand nahm und sie streichelte.

Nicht nur die Stimme, auch die Berührung war Vanessa vertraut.

»Svenja«, hauchte sie benommen, »du bist es. Du bist es wirklich.«

»In deinen Träumen hast du nach mir gerufen, Vanessa.« Zärtlich strich Svenja über das dunkelblonde lange Haar ihrer Schwester. Vanessa fragte sich nicht, woher Svenja kam, ihre Schwester war einfach nur bei ihr. In diesem Moment war das alles, was für sie zählte. »Es geht dir schlecht, Vanessa, du fühlst dich schuldig. Aber warum?« Liebevoll sah Svenja ihre Schwester an. »Weder du noch sonst irgendjemand trägt die Schuld an dem, was geschehen ist.«

»Doch, es ist meine Schuld«, widersprach Vanessa und nickte heftig. »Ich hätte es fühlen müssen, aber ich war zu beschäftigt mit mir selbst, dachte nur an meinen neuen Job und darüber vergaß ich dich. Ich habe dich im Stich gelassen, verstehst du? Niemals werde ich mir das verzeihen.«

Ihre Schwester kniete sich neben den Schaukelstuhl.

»Nicht einmal ich spürte diesen verdammten Krebs.« Svenja sah Vanessa eindringlich an. »Wie hättest du ihn spüren sollen?«

»Wir sind Zwillinge, ich hätte es fühlen müssen! Immer haben wir sofort gewusst, wenn es dem anderen nicht gut ging. Doch dieses eine Mal habe ich versagt, weil ich nur an mich gedacht habe. Du wirst es mir niemals verzeihen.«

»Weil es nichts zu verzeihen gibt. Ich liebe dich, du bist nicht schuld an dem, was geschehen ist.«

»Wenn sich die Uhr doch nur zurückdrehen ließe, Svenja, vielleicht könnte ich es ungeschehen machen, vielleicht könnte ich irgendetwas tun. Vielleicht … «

»Niemand kann die Zeit zurückdrehen, doch du kannst jetzt etwas für mich tun.«

»Du bist tot«, schrie Vanessa verzweifelt, »was kann ich jetzt noch für dich tun?« Svenja nahm Vanessas Gesicht in ihre Hände.

»Ich möchte, dass du wieder anfängst zu leben!«, erwiderte sie und sah ihre Schwester eindringlich an.

»Einfach so?« Hilflos zuckte Vanessa mit den Schultern. »Ich soll wieder nur an mich denken? Du bist tot und mir soll es gutgehen?«

»Wir zwei sind miteinander verbunden, glaubst du wirklich, daran könnte der Tod etwas ändern? Wenn es dir gutgeht, dann wird es auch mir gutgehen. Verstehst du?« Vanessa schüttelte stumm den Kopf. Svenja stand auf und reichte ihrer Schwester die Hand. »Komm mit mir, ich möchte dir etwas zeigen. Vielleicht wirst du dann verstehen.«

Gemeinsam traten sie ans Fenster, Svenja öffnete es und sofort traf Vanessa ein kräftiger, eisiger Sturm, die Kälte brannte auf ihren Wangen und in ihren Augen. Diese entsetzliche Kälte, sie war plötzlich überall, erfasste ihren ganzen Körper. Schmerzvoll verzog Vanessa ihr Gesicht.

»Warum ist es plötzlich so kalt? Und dieser entsetzliche Sturm. Ich kann kaum atmen und ...«

»Was du spürst ist deine aufgewühlte Seele, mit all der Trauer und deinen quälenden Schuldgefühlen. Wenn deine Seele nicht endlich Frieden findet, wird meine Welt ihre Farben verlieren.«

»Deine Welt wird ihre Farben verlieren?« Vanessa sah ihre Schwester irritiert an. »Wovon sprichst du?«

Svenja lächelte liebevoll.

»Gleich wirst du sehen, wovon ich spreche«, sagte sie und zog ihre Schwester mit sich, hinein in die kalte, tobende Dunkelheit von Vanessas Seele. Sie waren eine Weile gegangen, als sich der Sturm endlich legte und es mit jedem Schritt heller und wärmer wurde. Das dunkle Grau unter ihren Füßen ging über in leuchtende, kräftige Farben. Da gab es ein warmes Rot, daneben leuchtendes Orange und Gelb, dann ein sattes Grün neben kühlem Blau gefolgt von kräftigem Indigo und zartem Violett. Ein Regenbogen lag zu Vanessas Füßen und sie strahlte ihre Schwester an.

»Wo sind wir? Es ist wunderschön hier.«

»Willkommen in meiner Regenbogenwelt!«, antwortete Svenja und sah Vanessa dankbar an. »Sie ist entstanden aus den Tränen, die du – die ihr alle – um mich geweint habt. Jede Einzelne von ihnen ist kostbar für mich, zusammen lassen sie diesen einzigartigen Regenbogen entstehen. Ist das nicht herrlich bunt?«

»Aber Tränen haben keine Farbe«, widersprach Vanessa irritiert.

»Nur in eurer Welt sind sie farblos! In unserer Welt haben eure Tränen Farben, und manche von ihnen drücken aus, was uns miteinander verband. Rot steht für die Liebe, die wir füreinander empfanden, Gelb und Orange für die Lebensfreude, die wir einander bereiteten. Blau, die Farbe unserer Treue und Grün bedeutet die

Hoffnung auf ein Wiedersehen, irgendwann!«, erklärte Svenja und strahlte. Doch dann verdunkelte sich ihr Blick und sie sah Vanessa ernst an. »Vielleicht werden diese Farben bald verblassen und alles wird grau und dunkel sein.« In ihrer Stimme lag eine tiefe Trauer.

»Aber warum sollte das passieren?«

»So wie am Himmel kein Regenbogen ohne die Sonne entsteht, so braucht meine Regenbogenwelt die Sonne, damit die Farben der Tränen nicht verblassen. Meine bunte Welt, sie hat ihren Platz in deinem Herzen! Und immer, wenn es dir gutgeht, du fröhlich bist und lachst, trifft ein Sonnenstrahl dein Herz und lässt die Farben für mich strahlen.« Svenja nahm ihre Schwester in den Arm und strich ihr sanft über den Rücken. »Auch wenn du immer noch traurig bist, verschließe nicht dein Herz! Öffne es, lasse die Sonne hinein und genieße dein Leben mit all deinen Sinnen! Willst du das für mich tun?« Svenja gab ihre Schwester wieder frei und sah sie fragend an.

»Diese Regenbogenfarben«, wich Vanessa aus, »zu ihnen gehört auch Indigo und Violett. Du hast mir noch nicht erklärt, wofür diese Farben stehen.«

»Typisch meine Schwester.« Svenja schmunzelte. »Du musst immer alles genau wissen, immer alles genau verstehen, nicht wahr? So war es schon immer.« Sie legte ihre Hand auf Vanessas Wange und streichelte sie zärtlich. »Indigo steht für Vertrauen und das vertrauensvolle Loslassen, ohne dass man einander jemals verliert.«

Vanessa schluckte. »Und Violett?«

»Violett? Eine Farbe, die uns viel abverlangt und uns ein Leben lang begleitet. Die Farbe der Veränderung und des Neubeginns«, antwortete sie und trat einen Schritt zurück. »Ich muss nun gehen. Wir sehen uns wieder, irgendwann! Du hast noch das halbe Leben vor dir. Nutze es! Lebe, liebe und lache – Tränen sind genug geweint. Nun sorge dafür, dass ihre Farben nicht verblassen.«

»Geh nicht! Lass mich nicht allein!«, schrie Vanessa immer und immer wieder, als Svenja sich umdrehte und sich langsam von ihr entfernte.

Es war ihr eigener Schrei, der sie hochschrecken ließ. Verwirrt sah sie sich um, und es dauerte eine Weile, bis ihr klar wurde, dass sie geträumt hatte. Der Morgen graute und durch das geschlossene Fenster hörte sie den Gesang einer Amsel. Seufzend ließ Vanessa sich in ihren Schaukelstuhl zurückfallen und lächelte, als sie an ihren Traum dachte. Ihr gefiel die Vorstellung, dass ihre geliebte Schwester in einer Regenbogenwelt lebte, umgeben von all den wundervollen Farben.

»Ach, Vince ...«, seufzte sie sehnsuchtsvoll, »ich habe so schön geträumt.« Vanessa ließ ihren Arm baumeln und tastet nach ihrem Hund, doch ihre Finger griffen ins Leere. »Vince? Wo steckst du, alter Knabe?« Vanessa stand auf, schaute sich im Zimmer um und sah, wie er seine schwarzgraue Schnauze unter ihrem Bett hervorstreckte. Zusammengerollt lag ihr Hund da und sah sie verängstigt an. »Was sind das denn für neue Sitten? Warum hast du dich unter dem Bett verkrochen?« Vanessa schüttelte den Kopf. »So hast du dich auch letzte Nacht verkrochen in meinem ...« Vanessa schluckte und ein kalter Schauer lief über ihren Rücken, »... in meinem Traum«, führte sie ihren Satz zu Ende und starrte Vince irritiert an. Dann wanderten ihre Augen unsicher durch den Raum. Was, wenn sie gar nicht geträumt hatte? Die wildesten Phantasien überschlugen sich in ihrem Kopf. »Nun mach hier nicht auf Ghostbuster! Vince liegt unter dem Bett, das ist ein Zufall sonst nichts!«, rügte sie sich selbst. Entschlossen drehte sie sich um und öffnete das Fenster. Die Luft war noch frisch und klar, Vanessa atmete tief ein und schloss ihre Augen. »Niemals darf ich diesen Traum vergessen«, flüsterte sie und plötzlich dachte sie an ihr Tagebuch. Seit einem Jahr, seit dem Tag, an dem Svenja gestorben war, hatte Vanessa es nicht mehr angerührt, nicht einmal ihren Schmerz hatte sie ihm anvertraut. Svenja war tot und Vanessa hatte aufgehört zu leben. Sie funktionierte nur noch wie eine Marionette an einer Schnur. Ohne Freude, ohne Interesse am Leben, brachte sie einen Tag nach dem anderen nur noch irgendwie hinter sich. Was hätte sie eintragen sollen in ihr Tagebuch, das ihr einmal so wichtig gewesen war? Doch dieser Traum, er war kostbar, er war ein Geschenk!

Vanessa ging zur Kommode und öffnete die mittlere Schublade. Da lag es, ihr türkisfarbenes Tagebuch, gefüllt mit all den schönen Momenten, die sie mit Svenja erlebt und darin festgehalten hatte. Vanessa schluckte schwer, als sie es sah. Zögernd nahm sie das Tagebuch aus der Schublade und betrachtete es. Zärtlich strich sie mit ihren Fingern über den leicht glänzenden Einband, während sie sich fragte, ob die Erinnerungen darin sie zum Lächeln brachten oder sie noch weiter in den Abgrund zogen? Doch niemand zwang sie, darin zu lesen, sie wollte ihren Traum niederschreiben, das war alles. Er gehörte einfach in dieses Tagebuch! Vielleicht hatte Svenja ihr diesen Traum geschickt, damit sie ihn darin niederschrieb und sich damit der Kreis ihres gemeinsamen Lebens schloss. Es war ein Gedanke, der ihr gefiel. »Okay, ich werde es tun«, sagte sie leise und schloss die Schublade, wobei ihr Blick auf Svenjas Foto fiel, das auf der Kommode stand. Vanessa erstarrte und hielt den Atem an. Sie konnte nicht glauben, was sie sah. Über eine Ecke des Bilderrahmens hing ein schmales rotes Seidenband mit einem kleinen Anhänger – einer Träne aus Glas. »Es war kein Traum«, flüsterte Vanessa kaum hörbar. »Ich habe nicht geträumt.« Ihre Hände zitterten, als sie das Seidenband vorsichtig vom Rahmen nahm und die gläserne Träne auf ihre Hand legte. »Danke, Svenja«, sagte sie leise. Dann ging sie hinüber ans Fenster und setzte sich in ihren Schaukelstuhl. Vince kam unter dem Bett hervor und setzte sich neben sie auf seine Decke. »Ich habe sie gesehen, Vince. Svenja, sie lebt in einer Regenbogenwelt und es geht ihr gut.« Vanessa atmete tief durch und lächelte wehmütig. »Nun liegt es an mir, dafür zu sorgen, dass es so bleibt. Ich muss einen Weg finden, auch ohne Svenja glücklich zu sein, damit die Welt, in der sie lebt, ihre Farben nicht verliert.«

Vanessa stand auf und hängte die gläserne Träne zurück an den Bilderrahmen. Insgeheim musste sie sich eingestehen, dass sie nicht wirklich verstand, was in den letzten Stunden geschehen war. Aber musste sie das? Müssen wir immer alles verstehen? Vielleicht sollten wir manches einfach glauben, ganz egal, ob wir es verstehen oder nicht. Es ist doch ein schöner Gedanke, dass es den Menschen, die wir gehen lassen mussten, gutgeht. Dass sie in einer Regenbogenwelt leben, entstanden aus den Farben unserer Tränen.

Die innere Stimme

Wie ein breiter blauer Teppich lag die See vor ihr. Hier und da standen weiße Strandkörbe mit blau-weiß gestreiften Polstern, Kinder sprangen herum und bauten fröhlich ihre Sandburgen, Paare spazierten händchenhaltend am Strand entlang. Katja Olsen genoss diesen Anblick, während eine salzige Brise sanft ihr Gesicht streichelte. Genauso hatte sie sich ihr Wochenende an der Nordsee vorgestellt. Entspannt atmete sie durch, nahm eine großzügige Menge Sonnenmilch und verrieb sie sorgfältig auf Armen und Beinen. Katja lächelte verträumt, als ein blumig-süßlicher Duft in ihre Nase stieg, der sie an ihre Kindheit und den vielen Badeurlauben mit ihren Eltern erinnerte. Zufrieden setzte sie den Strohhut ab, ließ sich auf ihrem dunkelroten XXL-Strandtuch auf den Rücken sinken und schloss die Augen.

»Habe ich mir gedacht, dass Sie sich hier grillen lassen«, hörte die junge Frau plötzlich eine Stimme ganz nah neben sich. Katja hob leicht den Kopf und schob mit dem Zeigefinger ihre Sonnenbrille Richtung Nasenspitze.

»Wie bitte?« Irritiert musterte sie den braungebrannten, sandblondgelockten Typen in dunkelroten Shorts, der am Rand ihres Strandtuchs stand. Dann erkannte sie ihn, nahm ihre Brille ab und setzte sich auf. »Der Gitarren-Heini!«, seufzte sie genervt.

»Der Musiker!«, verbesserte er Katja. »Ich habe Sie gesucht, um mich wegen letzter Nacht zu entschuldigen. Hotelwände sind auch nicht mehr das, was sie mal waren. Meine Band und ich, wir hatten zu viel getrunken, ich nahm meine Gitarre – den Rest kennen Sie. Es tut mir leid, dass ich so unfreundlich zu Ihnen war.«

»Allerdings waren Sie das! Ich denke, dass man sich nachts um Drei durchaus beschweren darf, wenn man das Gefühl hat, inmitten eines Rockkonzertes zu nächtigen«, erwiderte Katja schnippisch.

»Ich weiß, wie ich es wiedergutmachen könnte«, erwiderte Maik, während er seinen Blick fast unverschämt frech über Katjas schlanken, wohlgeformten Körper wandern ließ. Sie stand auf, stemmte ihre Hände in die Hüften und kniff ihre Augen zu schmalen Schlitzen zusammen.

»Was für eine billige Anmache!«

Gespielt fassungslos schüttelte er den Kopf.

»Na, Sie haben ja Phantasien! Ich sprach von gutmachen, nicht anmachen.« Er legte seinen Kopf leicht schräg, erneut musterte er sie von oben bis unten. »Was nicht heißen soll, dass ich Sie von meinem Strandtuch schubsen würde«, gestand er augenzwinkernd. Katja schnappte nach Luft als wollte sie etwas sagen, doch sie brachte kein Wort heraus. »Ich bin Maik«, erwähnte er ganz nebenbei, während er sich auf Katjas Strandtuch niederließ. Dann klopfte er mit der flachen Hand auf den freien Platz neben sich. »Setzen Sie sich, Katja!«

»Warum sollte ich?«

»Warum sollten Sie nicht?«

»Ich bin verheiratet!«

»Verheiratete dürfen sich nicht setzen?«

»Woher kennen Sie überhaupt meinen Namen?«

»Habe ich an der Rezeption aufgeschnappt. Und ich sah, dass Sie Ihren Schlüssel abgaben und hörte, dass Sie hier runter an den Strand wollten.«

»Ach, Sie spionieren mich aus!«

»Lady, Sie verstehen es wirklich, einem die Worte im Mund umzudrehen. Das muss man Ihnen lassen! Na ja, ist bestimmt Ihre Unsicherheit.« Empört starrte Katja ihn an.

»Wie bitte?«

»Das hier mit mir ist Ihnen nicht geheuer, stimmt's?« Er lachte kurz auf und lehnte sich etwas zurück. »Sie sind wie meine Schwester Jill, die hasst auch Situationen, die sie unvorbereitet treffen. Darum hat sie sich mit der Zeit zu einem totalen Pläne-Junkie entwickelt. Jill hat sich ihr Leben so vollgestopft, dass sie Wochen im Voraus alles haarklein planen muss, sonst verliert sie den Überblick. Ich glaube, alles genau zu planen gibt ihr Sicherheit, während sie durch ihr Leben hetzt, von Termin zu Termin. Geschieht dennoch etwas Unerwartetes, wird meine liebe Schwester nervös und zickig. Genauso sind Sie auch!«

»So bin ich nicht!«, protestierte Katja. »Sie kennen mich doch überhaupt nicht.«

»Brauche ich auch nicht.« Maik zwinkerte ihr zu. »Ich kenne mich mit Frauen aus.«

»*Das* glaube ich Ihnen aufs Wort!«, erwiderte Katja und ertappte sich dabei, wie sie auf seinen nackten, muskulösen Oberkörper starrte. Maik schwitzte leicht und seine Haut schimmerte samtig.

»Sie behaupten also, Sie seien kein ›sicher ist sicher‹-Pläne-Junkie-Typ?«, fragte er Katja und riss sie aus ihren Gedanken, die auf eine verführerische Reise gegangen waren.

»Nein, bin ich nicht!« Trotzig verschränkte sie ihre Arme vor der Brust. Maik warf einen kurzen Blick in den Himmel.

»Wir haben fast 30 Grad, nicht eine Wolke da oben ...«, stellte er grinsend fest, dann deutete er auf die Regenjacke, die ein Stück aus Katjas Strandtasche heraushing, »... aber Sie haben vorsichtshalber eine Regenjacke eingepackt – man kann ja nie wissen, sicher ist sicher.« Seine grünen Augen funkelten schadenfroh. »Erwischt!«

»Ooooh, was für ein unwiderlegbarer Beweis.« Katja rollte mit den Augen.

»Sie wollen noch mehr hören? Kein Problem!« Mit einer kurzen Kopfbewegung deutete er auf ihren Bikini. »Dunkelrot! Sogar dieses sexy Teil passt farblich zu Ihrem Strandtuch. *Sie* überlassen absolut nichts dem Zufall!«

›Na ja, ganz unrecht hat er nicht‹, dachte Katja verärgert. Es machte sie wütend, dass der Gedanke, sich mit diesem durchtrainierten ›California-Dream-Boy‹ ihr Strandtuch zu teilen, durchaus verführerisch war. Neben der Empörung über seine dreisten Worte, spürte sie ein gewisses Kribbeln, dem sie nicht länger widerstehen konnte. Ihr Verstand schrie entsetzt auf, während sie sich wie hypnotisiert zu ihm setzte.

Maik holte eine Schale Erdbeeren aus einer Kühltasche, die Katja bisher gar nicht aufgefallen war.

»Woher kommt die denn so plötzlich?«

»Habe ich mitgebracht.« Dann setzte er wieder dieses freche Grinsen auf. »Ich frage mich wirklich, wo Sie die ganze Zeit hingeschaut haben?«

»Ich möchte jetzt die Sonne genießen«, wechselte Katja verlegen das Thema und wich seinem Blick aus. »Alleine!«, fügte sie betont ernst hinzu. Es war ein letztes verzweifeltes Aufbäumen gegen das Unerwartete, in das sie hineingerasselt war – das Unerwartete, das sich plötzlich so verdammt gut anfühlte. Maik ignorierte ihre Worte, holte eine Flasche Sekt aus der Kühltasche, eine kleine Schale mit Zucker sowie zwei Gläser.

»Nichts gegen einen geplanten Tagesablauf, aber lassen Sie darin auch Platz für Spontanität, geben Sie Ihrer inneren Stimme auch mal eine Chance.«

»Meiner inneren Stimme?« Katja hob irritiert die Augenbrauen.

»Genau!« Maik nickte kurz. »Wann haben Sie sich zum letzten Mal gefragt ›Was würde mir heute guttun? Worauf hätte ich heute so richtig Bock?‹«

»Was für kindische Fragen!« Katja schüttelte den Kopf und machte eine abweisende Handbewegung.

»Die sind nicht kindisch, sie sind wichtig. Es sind Fragen, die sich jeder Mensch hin und wieder stellen sollte.«

»Das Leben ist aber nun mal kein Wunschkonzert!«

»Mag sein, man muss aber auch kein Hamsterrad daraus machen, oder? Es ist wichtig, von Zeit zu Zeit der inneren Stimme zu lauschen. Sie weiß, was uns guttut!«

»Ach?« Arrogant zog Katja eine Augenbraue hoch. »Und *Sie* tun das?«

»Na und ob! Seit einer halben Stunde müsste ich mit meinen Jungs im Tour-Bus sitzen. Doch meine innere Stimme hat mir geraten, vorher an diesem herrlichen Strand mit einer bildhübschen Frau ein Glas Sekt zu trinken.« Maik ließ den Korken knallen und füllte beide Gläser. »Lassen Sie das Leben einfach mal geschehen, es hält sich eh an keinen Plan.« Er tauchte kurz zwei Erdbeeren in den Sekt und wälzte sie anschließend im Zucker. »Manchmal sollte man sich treiben lassen und einfach nur genießen.« Eine der Erdbeeren reichte er Katja, während er von der anderen abbiss. Zuckerkristalle klebten an seinen feuchten Lippen, die Katja geradezu magisch anzogen. Ganz langsam beugte sich Maik zu ihr hinüber, sie wollte zurückweichen, doch stattdessen ließ sie es geschehen. Hingebungsvoll schloss sie ihre Augen, spürte, wie sich ihre Lippen berührten und genoss es, wie der Zucker auf ihren Lippen schmolz, sich auflöste, genauso wie die Wut in ihrem Bauch, bis sie nur noch dieses aufregende Kribbeln fühlte. Doch dann, völlig unerwartet, zerrte er an ihren Armen. Immer und immer wieder.

»Wann gehen wir in den Pool? Du hast es versprochen!« Katja schlug die Augen auf und blickte entsetzt in das Gesicht ihrer vierjährigen Tochter.

»Le... Leonie?«, stammelte Katja benommen.

»Mama! Du hast gesagt, wir gehen in den Pool. Du hast gesagt, du willst nur eben einen Kaffee trinken. Nur zwei Minuten hast du gesagt. Zwei!« Leonie hielt mahnend ihren Daumen und Zeigefinger in die Luft. »Aber du schläfst die ganze Zeit. Und Papa hat gesagt, jetzt können wir nicht mehr baden, weil ich zum Turnen muss.« Schmollend schob sie ihre Unterlippe nach vorne.

»Papa ... Papa ist schon zurück?«, stieß Katja überrascht hervor.

»Hast du wenigstens schön geträumt, während du unsere arme Tochter vernachlässigt hast?«, hörte sie im selben Moment die Stimme ihres Mannes, der mit einer weißen Tüte in der Hand die Terrasse betrat. Katja lächelte verlegen und fuhr sich schuldbewusst mit den Fingern über ihre Lippen.

»Es tut mir leid, ich bin eingenickt und ...«

»War ein Scherz, Katja! Bleib locker!« Er gab ihr einen flüchtigen Kuss, dann griff er in die Tüte und reichte seiner Frau eine dunkelblaue Plastikschale. »Ich habe uns was mitgebracht.«

»Das ist jetzt nicht wahr?« Katja schüttelte den Kopf. »Das darf echt nicht wahr sein!« Frank zog die Augenbrauen hoch und schaute seine Frau irritiert an.

»Das ist kein Diamantring, mein Schatz, es sind nur ein paar Erdbeeren. Allerdings sind sie nicht besonders süß. Vielleicht sollten wir etwas Zucker darüber streuen, bevor wir sie essen.« Katja schluckte, fuhr sich mit gespreizten Fingern durch ihre dunklen Locken und schüttelte leicht den Kopf. »Jetzt fehlt nur noch der Sekt«, murmelte sie.

»Was fehlt?« Frank runzelte die Stirn.

»Nichts, alles gut!« Sichtlich nervös nahm sie ihm die Schale ab und verschwand in Richtung Küche.

Katja spülte die Erdbeeren kurz ab und legte sie in eine Schüssel. Als sie den Zucker aus dem Schrank holte und über die Erdbeeren streute, sah Katja sie plötzlich wieder vor sich, diese verführerisch schmelzenden Zuckerkristalle auf Maiks Lippen. ›Lauschen Sie der inneren Stimme! Lassen Sie Platz für Spontanität!‹, hörte sie seine Worte. Abrupt drehte sie sich zu Frank um, der mit Leonie an der Hand, in die Küche gekommen war.

»Ich bin doch ein spontaner Typ, oder?« Frank sah sie mit hochgezogenen Brauen an.

»Wie bitte?«

»Bin ich oder bin ich nicht?«

»Wie kommst du denn jetzt auf so eine Frage?«
Katja sah ihren Mann eindringlich an und er spürte, dass sie es ernst meinte. Sofort wurde ihm klar, dass es eine jener Fragen war, auf die seine Frau eine ganz bestimmte Antwort erwartete. Es war eine dieser heiklen und zugleich typischen ›Frauenfragen‹ wie ›Bin ich zu dick?‹ oder ›Steht mir das Kleid?‹. Unsicher erwiderte er ihren durchdringenden Blick. »Naaa ja … so wirklich spontan?« Er zog eine leichte Grimasse. »Wohl eher nicht!« Kaum hatte er es ausge-

sprochen, bereute er seine Antwort auch schon. »Du planst gerne, Schatz, das ist doch nichts Schlechtes«, schob er eilig hinterher. »Du organisierst perfekt, schreibst deine Listen, damit wir nichts vergessen, du bist eben …«

»…langweilig«, vollendete Katja den Satz ihres Mannes.

»*Das* habe ich nicht gesagt!« Frank rollte genervt mit den Augen. »Aber du magst eben keine bösen Überraschungen.«

»Und wie sieht's mit den Guten aus?«

Hilflos zuckte Frank mit den Schultern. »Weiß echt nicht, worauf du hinauswillst.«

Katja presste die Lippen fest aufeinander und überlegte kurz. Dann legte sich plötzlich ein verschwörerisches Lächeln auf ihr Gesicht.

»Sagte deine Mutter nicht, sie würde Leonie gerne mal wieder übers Wochenende zu sich nehmen?«

Frank nickte.

»Ja, aber du meintest, es ginge erst übernächstes Wochenende, da du dieses und das nächste bereits verplant hättest, und darum …«

»Vergessen wir meine Pläne!«, fiel Katja ihrem Mann ins Wort und beugte sich zu Leonie hinunter. »Was meinst du, Süße, soll Papa bei der Oma anrufen und fragen, ob er dich zu ihr bringen darf?«

»Jetzt sofort?« Leonie strahlte. »Ich muss nicht zum Turnen?«

»Na ja, eigentlich schon! Aber weißt du was? Heute machen wir drei einfach mal das, wozu wir so richtig doll Lust haben. Was hältst du davon?«

»Jaaaa«, rief die Kleine und sprang auf und ab. »Und wenn Oma Ja sagt, dann kommt meine Puppe auch mit«, trällerte sie und rannte in ihr Zimmer. Katja strich ihrem Mann zärtlich über den Arm. »Und wenn du von deiner Mutter zurück bist, fahren wir beide nach Rügen!«

»Wir zwei? Nach Rügen? Heute noch? Einfach so?« Entgeistert starrte Frank seine Frau an. »Ist alles okay mit dir?«

»Es ist Freitagmittag, warum also nicht? Wir brauchen nur knapp anderthalb Stunden.«

»Was ist, wenn wir so kurzfristig kein Zimmer bekommen?«

»Risiko!«, sagte Katja kurz und kam näher. »Notfalls schlafen wir am Strand, unter den Sternen – nur wir zwei, der weiche Sand und das Wasser«, hauchte sie zärtlich. Dann nahm sie eine Erdbeere, wälzte sie kurz im Zuckertopf und steckte sie ihrem Mann in den Mund.

»Wow!«, erwiderte Frank und genoss sichtlich die süße Frucht. »Ich weiß nicht, was Sie mit meiner Frau gemacht haben, aber das ist mir auch gerade völlig egal.« Liebevoll zwinkerte er ihr zu. »Dann rufe ich mal ganz schnell meine Mutter an.«

»Und ich hole die Kühltasche vom Dachboden«, erklärte Katja. ›Für den Sekt, die Erdbeeren und ein Schälchen mit Zucker‹, dachte sie schmunzelnd und verließ die Küche.

Als sie zurückkam, hörte sie, wie Leonie mit ihrer Oma telefonierte und plötzlich in großem Jubel ausbrach. Dann kam sie in die Küche gerannt und hüpfte auf und ab.

»Oma hat Ja gesagt! Oma hat Ja gesagt!« Ihre Augen strahlten und ihre Wangen waren gerötet vor Aufregung. Bevor Katja etwas erwidern konnte, rannte die Kleine in ihr Zimmer. Katja atmete zufrieden durch und ihr Blick fiel auf den Kalender neben der Tür. Randvoll gefüllt mit Terminen – jeder Tag, selbst die Wochenenden! Schon allein die Anzahl von Leonies Terminen konnte einen schwindelig werden lassen. Arzttermine, der Schwimmkurs, ihre Turnstunden, Reitunterricht, Ballettstunden. Dazwischen weitere wichtige wie unwichtige Verabredungen. Nachdenklich studierte Katja all diese unzähligen Einträge.

»Hast du was übersehen? Können wir doch nicht weg?«, hörte sie plötzlich die Stimme ihres Mannes, der im Türrahmen stand.

»Es ist alles viel zu viel, Frank. Vor allen Dingen für Leonie!« Katja nickte entschlossen. »Wir setzten uns nächste Woche zusammen und besprechen, was davon gestrichen wird. Ich wünsche mir mehr Zeit für uns drei, in der wir einfach das tun können, wozu wir gerade Lust haben. Schluss mit diesem vollgestopften Kalender! Für Leonie ist es besonders wichtig. Unsere Tochter soll ein Gespür dafür entwickeln, was sie gerne möchte, wozu sie Lust hat – sie soll hin und wieder ihrer inneren Stimme lauschen können, die es ihr sagen wird.« Nachdenklich sah Katja ins Leere. »Diese innere Stimme, sie ist vielleicht das Wichtigste im Leben, wir sollten sie nicht überhören«, sagte sie leise und eher zu sich selbst als zu ihrem Mann. Dann ging sie zu Frank, legte ihre Arme um seinen Hals und sah ihn liebevoll an. »Uns allen täte es gut, unser Leben ein wenig zu entschleunigen. Was meinst du?«

Er lächelte und nickte zustimmend.

»Wie auch immer es zu dieser Sinneswandlung gekommen ist, ›Mrs. Vielbeschäftigt‹, ich bin jedenfalls begeistert. Also, ab nach Rügen und unter dem Sternenhimmel dem Wellenschlag lauschen.«

»Und auch unseren inneren Stimmen?«, fragte Katja mit einem filmreifen Augenaufschlag. Ihr Mann zog sie fest an sich und blickte ihr tief in die Augen.

»Na, denen ganz besonders!«

Ein Hauch von Kardamom

Maike öffnete ihre Wohnungstür und blickte direkt in einen Strauß dunkelroter Gerbera.

»Noch größer ging es wohl nicht«, scherzte sie.

»Nachträglich unseren herzlichsten Glückwunsch zum Fünfzigsten«, trällerten ihre Nachbarn Inge und Werner Mirsch fast wie aus einem Munde. »Wir hoffen, Sie hatten gestern einen wunderschönen Tag.«

»Den hatte ich. Danke schön!« Maike nahm Inge die Blumen ab und machte eine einladende Kopfbewegung. »Hereinspaziert!«

Inge winkte ab. »Oh nein, wir möchten nicht stören. Wollten nur gratulieren und uns für die Blumenpflege bedanken. Ich konnte die vier Wochen unter mallorquinischer Sonne nur genießen, weil ich wusste, meine Lieblinge sind bei Ihnen in den besten Händen. Meine Enkelin hätte sich auch um sie gekümmert, aber sie gießt einfach zu gerne.«

»Den Blumen steht das Wasser dann schnell mal bis zur Blüte«, murmelte Werner und grinste breit. Maike lachte kurz auf. Dann warf sie Werner einen verlockenden Blick zu.

»Ich habe noch Geburtstagstorte übrig.« Sie trat einen Schritt näher an ihn heran. »Apfel-Schneemus-Torte«, flüsterte sie verschwörerisch. Werner rollte mit den Augen und fuhr sich mit der Hand über seinen Bierbauch.

»Sie wissen genau, dass ich dieser Torte nicht widerstehen kann.«

»Nach dem Urlaub wollten wir mit dem Schlemmen aufhören«, mahnte Inge und sah ihren Mann vorwurfsvoll an.

»Ab morgen! Der erste Tag nach dem Urlaub zählt noch nicht.«

»Sehe ich genauso«, pflichtete Maike ihm augenzwinkernd bei. »Also hereinspaziert! Sie kennen den Weg ins Wohnzimmer. Ich setze schnell Kaffee auf«, erklärte sie und ging in die Küche.

»Und, was gibt's Neues?«, fragte Inge, als Maike mit einem Tablett ins Wohnzimmer kam. »Seit wann flackert das Licht im Treppenhaus?« Empört schüttelte sie den Kopf »Das macht einen ganz verrückt. Wir waren gestern Abend froh, dass wir nur in die zweite Etage mussten. Und die Frau Lömker? Hat sie endlich mal die Kellertreppe gewischt? Sie war letzte Woche dran! Aber bei der Dame geht's ja meistens nur nach Lust und Laune.«

»Ehrlich gesagt, darauf habe ich nicht geachtet«, gestand Maike, während sie das Geschirr vom Tablett nahm. »Ich war zu beschäftigt. Es gibt nämlich wunderbare Neuigkeiten!« Vorsichtig platzierte sie ein extragroßes Stück Torte auf Werners Teller. »Wir sind …«

»Wenn ich diese gerösteten Mandelstifte sehe, läuft mir das Wasser im Mund zusammen«, fiel Werner ihr ins Wort. Mit der Gabel schob er die Mandeln etwas beiseite und bohrte vorsichtig durch den luftig-zarten Baiser, der leicht knackte, während er zerbröselte. Die Gabel glitt tiefer, durch eine großzügige Schicht Schlagsahne, der ein Apfel-Vanille-Kompott folgte, verstrichen auf einem lockeren, goldgelben Biskuitboden. Werner stach ein großes Stück ab, ließ es in seinem Mund verschwinden und schloss genießerisch die Augen. »Wenn das trockene Baiser schmilzt, schmeckt man dieses herrlich süße Mandelaroma«, seufzte er schließlich und öffnete seine Augen wieder. »Dann die etwas säuerlichen Apfelstücke, die noch Biss haben, zusammen mit der Vanille. Und zu guter Letzt der traumhaft lockere Biskuit.« Inge schüttelte den Kopf.

»Du hörst dich an wie im Werbefernsehen«, scherzte sie und verpasste ihrem Mann mit dem Ellenbogen einen leichten Hieb in die Seite. Dann wandte sie sich wieder an Maike. »Entschuldigen Sie. Aber Sie kennen ja meinen Mann. Wenn er Torte vor sich hat, vergisst er jegliches Benehmen. Sie wollten uns gerade etwas erzählen.«

Maike atmete tief durch und strahlte übers ganze Gesicht.

»Seit drei Wochen sind mein Mann und ich endlich die offiziellen Pflegeeltern eines kleinen Mädchens.«

Inge riss ihre Augen weit auf und klatschte entzückt in die Hände.

»Das ist ja fantastisch! Herzlichen Glückwunsch!«, rief sie begeistert. »Es gibt Nachwuchs im Haus. Wir lieben Kinder!«

»Ja, wir sind auch überglücklich! Sie wissen ja, wie lange wir schon um die Erlaubnis kämpfen, ein Kind adoptieren zu dürfen.«

»Und nun hat's endlich geklappt!« Werner streckte freudig den Daumen in die Höhe.«

»Na ja, noch nicht ganz. Bisher wurde uns nur die Pflegschaft bewilligt. Ob wir die Kleine später adoptieren dürfen, wird sich zeigen. Die Behörden haben wohl noch Bedenken wegen unseres Alters«, fuhr Maike fort, »aber wer weiß, eventuell haben wir Glück, weil die Kleine kein Baby mehr ist. Man vermutet, sie sei acht oder neun Jahre alt.

»Wie? *Man vermutet?*« Inge runzelte irritiert die Stirn. »Man weiß doch, wie alt …«

»Schau mal«, unterbrach Werner seine Frau und deutete zur Wohnzimmertür. Ein kleines Mädchen lehnte sich mit dem Rücken gegen den Türrahmen und schaute schüchtern zu ihnen herüber.

»Da bist du ja, mein Schatz«, sagte Maike und streckte die Hand aus. Mit zögerlichen Schritten kam die Kleine näher. Wie hypnotisiert starrte Inge das Mädchen an, dann warf sie ihrem Mann einen entsetzten Blick zu. »Das ist Amira«, sagte Maike stolz und strich dem Mädchen über ihr schwarzes Haar, das ihr in weichen Locken auf die Schultern fiel. »Amira kommt aus Afghanistan, aus Herat, und ...« Maike stockte, als sie in die entsetzten Gesichter ihrer Nachbarn sah. »Gibt es ein Problem?«, fragte sie und blickte irritiert zwischen Inge und Werner hin und her.

»Ist das ein Flüchtling?«, stieß Inge schockiert hervor. »Etwa aus einem dieser Wohncontainer in der Kulmer Straße?«
Maike schluckte, sichtlich bemüht, den abfälligen Tonfall ihrer Nachbarin zu ignorieren.

»Amira, gehst du bitte kurz in dein Zimmer zurück«, bat sie liebevoll. Die Kleine hielt den Kopf leicht gesenkt und blickte mit ihren großen, dunklen Augen zu Maike auf. Ein schüchternes Lächeln huschte über ihre schmalen Lippen, dann drehte sie sich um und ging. Maike wartete, bis sich die Kinderzimmertür schloss, dann wandte sie sich wieder ihren Gästen zu. »Amira flüchtete mit ihren Eltern und ihrem Bruder vor ungefähr einem Jahr aus ihrer Heimat, in der Krieg und Terror herrscht. Seitdem lebte sie in dem Übergangswohnheim.«

»Und warum wohnt sie nicht mit ihren Eltern zusammen?« Inge machte eine abweisende Handbewegung. »Irgendwo ... irgendwo anders?«

»Ihre Eltern sind während der Flucht ums Leben gekommen, ihr Bruder ist verschollen. Man nimmt an, dass er verschleppt wurde. Amira hat keine Familie mehr, mit der sie ›irgendwo anders‹ leben könnte. Und da sie all Ihre Papiere auf der Flucht verloren hat, weiß auch niemand, wie alt sie ist. Nichts existiert mehr von dem, was einmal ihr Leben ausmachte.

»Aber sie wird doch wissen, wie alt sie ist«, wandte Inge abfällig ein.

»Nein, sie ist noch zu traumatisiert. Amira ist ein Kind, das auf ihrer Flucht mehr Tod, Leid und Elend gesehen hat als eine Kinderseele verkraften kann. Nun braucht sie Menschen an ihrer Seite, die ihr helfen, all das zu verarbeiten. Stellen Sie sich vor, es wäre Ihre Enkelin. Würden Sie sich nicht auch wünschen, dass sich jemand um sie kümmerte?«

Eine beklemmende Stille trat ein. Verlegen nahm Inge einen Krümel Baiser von der Tischdecke, legte ihn auf ihren Tellerrand und räusperte sich. Dann sah sie auf ihre Uhr.

»Es wird langsam Zeit, wir …«

»Ich denke, Sie lieben Kinder«, unterbrach Maike sie fassungslos. »Gerade waren Sie doch noch begeistert.«

Inge sah ihren Mann hilfesuchend an.

»Werner! Nun sag doch auch mal was!« Verlegen strich ihr Mann sich mit der Hand über den Nacken.

»Na ja, es ist so, dass … dass wir froh waren, dass wir bisher keine … keine Ausländer im Haus hatten.« Beschwichtigend hob er seine Hand. »Das geht nicht gegen die Kleine.«

»Nein … natürlich nicht«, erwiderte Maike mit einem ironischen Unterton.

»Können Sie uns nicht verstehen? Man hört so viel Negatives über diese Flüchtlinge«, ergriff Inge erneut das Wort und zuckte hilflos mit den Schultern. »Man kann sich mit denen ja nicht mal vernünftig verständigen.«

»Alles braucht seine Zeit, Frau Mirsch. Amira versteht schon sehr viel, wenn es auch mit dem Sprechen etwas schwieriger ist. Wir lernen voneinander. Und wir nutzen unsere Mimik oder sprechen mit Händen und Füßen. Man versteht sich – wenn man es will.«

»Und wie regeln Sie das überhaupt mit dem Essen? Die essen doch nicht alles«, fragte Inge und rümpfte die Nase. Maike schüttelte verständnislos den Kopf.

»Amira kommt aus einem anderen Land, nicht von einem anderen Stern. Was spricht dagegen, sich auch mit der Küche einer anderen Kultur zu befassen? Ist das so schlimm? Deswegen müssen wir nicht auf unsere Kartoffeln und den Schweinebraten verzichten.« Maike lachte kurz auf. »Und auch die Apfel-Schneemus-Torte bleibt auf dem Speiseplan«, versprach sie und zwinkerte Werner zu, um die Stimmung wieder etwas aufzulockern. »Amira liebt diese Torte. Überhaupt mag sie Süßes, wie fast alle Kinder.«

»Da sind auch unsere Enkel nicht anders«, bestätigte er und warf seiner Frau einen beschwichtigenden Blick zu.

»Von einem Sozialarbeiter aus dem Wohnheim haben wir erfahren, dass Amiras Eltern eine kleine Bäckerei hatten. Zumindest meint er, es gehört zu haben. Wäre eine Erklärung, weshalb die Kleine immer hellauf begeistert ist, wenn ich Kuchen backe. Sie möchte sofort mitmachen! Allerdings möchte sie auch überall Kardamom reinstreuen.« Maike zog eine Grimasse. »Sie ist verrückt nach dem Zeug.«

Werner lachte und nickte zustimmend.

»Das glaube ich gerne! Ob die Eltern eine Bäckerei hatten oder nicht, Kardamom haben sie ganz sicher benutzt. Soviel ich weiß, wird sogar Kaffee und Tee damit gewürzt.«

»Andere Länder, andere Sitten«, wandte Inge schnippisch ein und sah erneut auf ihre Uhr. »Jetzt wird's wirklich Zeit für uns!« Ohne ein weiteres Wort stand sie auf und ihr Mann schloss sich an. Maike war erleichtert, dass sich die Spannung zwischen ihnen zuletzt doch noch etwas gelockert hatte und begleitete ihre Gäste hinaus.

Zwei Wochen vergingen, in denen sie sich hin und wieder im Hausflur begegnet waren. Jedes Mal hatte Maike diese unsichtbare Mauer gespürt, die an jenem Nachmittag zwischen ihnen entstanden war. Wie schnell so etwas ging, beängstigte sie. Nun wunderte es sie nicht mehr, dass sich fast die ganze Welt die Köpfe einschlug, wenn nicht mal zwei Familien in der Lage waren, Verständnis füreinander aufzubringen.

»Du möchtest wirklich nicht mitkommen?«, fragte Maike Amira eines Morgens. »Das Einkaufen macht zu zweit viel mehr Spaß. Und wir könnten vorher noch auf den Spielplatz gehen.« Die Kleine schüttelte den Kopf. Maike lächelte verständnisvoll und streichelte kurz über ihren Rücken. »Na gut, dann spiele so lange mit deinem neuen Puppenhaus. Und wenn ich zurück bin, trinken wir eine heiße Schokolade mit einer kräftigen Portion Kardamom. Wie wäre das?« Amira nickte stumm und verschwand in ihr Zimmer. Besorgt sah Maike ihr nach. Sie spürte, dass Amira an diesem Tag etwas Zeit für sich brauchte, die Nähe eines anderen Menschen gerade nicht ertrug. Kurz bevor Maike ging, warf sie noch einen kurzen Blick ins Kinderzimmer, dann verließ sie die Wohnung.

In den Geschäften war nicht viel los und so befand sich Maike schon nach kurzer Zeit auf dem Heimweg. Dass alles so schnell erledigt war, freute sie – allzu lang mochte sie die Kleine nicht alleine lassen. Erleichtert bog sie in die Straße ein, in der sie wohnte, und traute ihren Augen nicht. Abrupt blieb sie stehen und starrte auf das Bild, das sich ihr bot. Ein Rettungswagen mit blinkendem

Blaulicht und ein Notarztwagen parkte vor ihrem Haus, die Haustür stand weit offen. »Amira«, stieß sie besorgt hervor und rannte los. Die letzten Meter, bis sie das Haus erreichte, schienen endlos. Sie stürzte ins Treppenhaus, ihre Gedanken überschlugen sich, während sie die Stufen hinaufhetzte. Sie hörte eine Männerstimme, dann sah sie den Notarzt, der auf dem Treppenabsatz kniete, gebeugt über Werner, der regungslos vor ihm lag. Unter seinem Kopf war der Boden blutverschmiert. Erleichtert schnappte Maike nach Luft. ›Es ist nicht Amira‹, schoss es ihr durch den Kopf.

»Gehören Sie zu der kleinen Heldin?«, fragte einer der Sanitäter. Irritiert sah Maike ihn an. Mit einem Kopfnicken deutete er auf die Stufen, die zur nächsten Etage führten. Da saß Amira, gedankenverloren und mit blutverschmierten Händen und Knien.

»Was ist passiert?«, hauchte Maike.

»Ihr Nachbar ist gestürzt und hat sich eine große Platzwunde zugezogen. Die Kleine hat die Erstversorgung hervorragend durchgeführt. Man könnte meinen, sie hätte Übung darin. Ohne sie hätte er erheblich mehr Blut verloren.« Er warf Amira einen anerkennenden Blick zu. ›Ja, sie hat Übung darin‹, dachte Maike traurig, während sie sich an dem Notarzt vorbeischob. Dann hockte sie sich vor Amira, die wie hypnotisiert ins Leere starrte.

»Na komm, wir waschen dir deine Hände«, flüsterte Maike, richtete sich auf und zog Amira sanft mit sich. Ein paar Stufen höher stand Inge. Sie war kreidebleich und wurde von einem Sanitäter betreut. Mitfühlend streichelte Maike den Arm ihrer Nachbarin. »Bestimmt wird alles wieder gut, Frau Mirsch.«

»Werner wollte nur etwas aus dem Keller holen«, erklärte Inge verzweifelt. »Als er nicht zurückkam, habe ich mich gewundert und bin hinterher. Da lag er. Überall war Blut. Die Kleine hat mich schreien hören. Sie kam sofort aus der Wohnung gestürmt. Als sie Werner dort liegen sah, rannte sie zurück, holte ein Kissen und ein Handy. Ich war wie versteinert, doch sie drückte es mir in die Hand. ›Doktor, Doktor‹ schrie sie. Dann legte sie ihm das Kissen unter den Kopf.« Inge runzelte die Stirn. »Sie hatte noch irgendwas dabei.«

»Taschentücher und einen langen Schal«, erklärte der Sanitäter. »Sie hat Ihrem Mann damit einen Druckverband angelegt.«

»Werner ist Bluter«, seufzte Inge. »Ist immer gefährlich, wenn er sich verletzt. Dann …«

»Wir können Ihren Mann nun ins Krankenhaus bringen, Frau Mirsch«, unterbrach sie der Notarzt. »Wenn Sie wollen, können Sie mitfahren. Ihr Mann ist wieder bei Bewusstsein, es wird in beruhigen, wenn Sie bei ihm sind. In der Klinik wird eine Röntgenuntersuchung vorgenommen, um eine Verletzung des Schädels auszuschließen.«

»Ich verstehe«, erwiderte Inge sichtlich erschöpft und ließ sich von einem der Sanitäter zum Rettungswagen begleiten.

Zur Erleichterung aller hatte Werner keine weiteren Schäden davongetragen. Mittlerweile waren fast zwei Wochen vergangen, in der Maike ihren Nachbarn einige Male über den Weg gelaufen war. Lediglich ein paar Höflichkeitsfloskeln wurden ausgetauscht, ansonsten passierte nichts. Doch dann stand Inge eines Nachmittags vor Maikes Tür. In ihren Händen hielt sie einen Teller, der mit Alufolie abgedeckt war.

»Frau Mirsch«, begrüßte Maike sie herzlich.

Inge lächelte verlegen. »Ich hoffe, ich störe nicht. Ich würde gerne zu Amira ...«, sie machte eine bedeutungsvolle Pause, »... wenn ich darf«, fügte sie vorsichtig hinzu.

Maike hob irritiert die Augenbrauen. *»Wenn Sie dürfen?«*

»Nun ja ... es ist wohl an der Zeit, dass ich mich bei Amira bedanke und mich bei Ihnen entschuldige.« Inge zupfte nervös an ihrem Kragen. »Als Sie uns damals von der Kleinen erzählten ... unsere Reaktion – ganz besonders meine – war mehr als unangebracht. Ich kann mich leider nicht freisprechen von Vorurteilen und ...«

»Entschuldigung angenommen«, unterbrach Maike ihre Nachbarin und lächelte verständnisvoll. »Amira sitzt im Wohnzimmer und malt.« Mit einer kurzen Handbewegung bat sie ihre Nachbarin hinein.

»Hallo Amira«, sagte Inge unsicher. Das Mädchen legte ihren Buntstift beiseite und sah Inge aufmerksam an. »Ich bin gekommen, um mich bei dir dafür zu bedanken, dass du meinem Mann so toll geholfen hast.« Sie trat näher, setzte sich zu der Kleinen an den Tisch und stellte den Teller ab. Dann entfernte Inge die Alufolie. Mit großen Augen betrachtete Amira die goldgelben Gebäckstücke, die aussahen wie kleine Elefantenohren. Sie waren mit gehackten Pistazien und Walnüssen garniert und mit Puderzucker bestäubt. »Das sind ›Gosh-e-Feel‹«, fuhr Inge fort und zog ihre Nase kraus. »Das habe ich bestimmt ganz falsch ausgesprochen.«

Amira schüttelte den Kopf. »Das haben Sie sehr gut gemacht.«

»Na, dann bin ich beruhigt.« Inge lachte kurz auf und streichelte Amira über ihren Arm. »Ich habe im Internet nachgeschaut. Übersetzt heißen sie ›Elefantenohren‹. Ich weiß ja nicht, ob das stimmt, aber sie sehen tatsächlich so aus. Und ich habe gelesen, dass sie in

Afghanistan sehr gerne gegessen werden. Darum habe ich sie für dich gebacken.« Inge beugte sich verschwörerisch zu Amira rüber. »Da ist natürlich Kardamom drin«, flüsterte sie.

»Daste shoma dard nakone«, flüsterte Amira zurück und lächelte verschmitzt. »Das heißt ›Danke schön‹.« Dann nahm sie eines der ›Elefantenohren‹ und biss herzhaft hinein. Puderzucker blieb an ihren Lippen kleben und sie fuhr mit der Zungenspitze darüber, um nichts zu vergeuden. Inge strich der Kleinen liebevoll über das Haar, stand auf und ging zu Maike.

»Diese Elefantenohren sind richtig lecker. Und das, obwohl Kardamom nach Hustensaft schmeckt.« Inge zog eine Grimasse.

»Eukalyptus pur«, pflichtete Maike ihr grinsend bei.

»Zuerst wollte ich das Gewürz weglassen. Amira zuliebe habe ich dann doch etwas davon genommen, aber wirklich nur einen Hauch. Und ich muss zugeben, zusammen mit der Butter, den Pistazien und Nüssen ist es eine richtige Köstlichkeit!«

»Oh ja! In der afghanischen Küche gibt es noch so manche Köstlichkeiten«, erwiderte Maike und rollte genüsslich mit den Augen. Doch dann wurde sie plötzlich ernst. »Frau Mirsch, dieses unschöne Gespräch zwischen uns, ein stückweit kann ich Sie verstehen. Man hört wirklich viel Negatives über Flüchtlinge. Auch ich befürchte, dass es Personen gibt, die die Flüchtlingswelle nutzen, um in unser Land zu kommen und uns Leid zuzufügen. Die Terroranschläge, all die unschuldigen Opfer, Hinterbliebene, die um ihre Liebsten trauern. Zurecht haben wir Angst, zurecht sind wir unsagbar wütend. Viele würden am liebsten niemanden mehr in unser Land lassen. Doch was soll aus Kindern wie Amira werden? Auch sie sind Opfer von Krieg und Terror, auch sie weinen um ihre Liebsten.« Maike zuckte ratlos mit den Schultern. »Mein Mann und ich, wir möchten einfach nur helfen. Können Sie uns ein wenig verstehen?«

»Sie werden die Welt nicht ändern können«, seufzte Inge.

»Aber wir können das Leben für Amira erträglicher machen. Sie haben es doch auch geschafft!«

»Ich?« Verwundert blickte sie Maike an. Inge verstand ihre Worte erst, als sie zu dem kleinen Mädchen hinüber sah, das gedankenverloren dasaß, von ihren Fingern genüsslich die geschmolzene Butter abschleckte und die Frische des Kardamoms auf ihrer Zunge zergehen ließ – ein Hauch von Kardamom, der sie wie eine Mutter an die Hand nahm und für einen kurzen Moment zurück in ihre Heimat führte.

Sieben Worte

Yasmin stand vor dem Spiegel und bewunderte die großen Creolen, die in ihren Ohren steckten. Sie schimmerten golden, genauso wie der Stirnschmuck, eine Paillettenkette, die sie sich nun an die Stirn legte und am Hinterkopf verschloss. Ihr langes, schwarzes Haar verlieh dem Schmuck eine besondere Eleganz.

»Rate mal! Als was gehe ich zum Fasching?«, fragte sie und drehte sich zu ihrer Freundin um, die im Schneidersitz auf dem Bett hockte und gelangweilt den Kopf auf ihren Fäusten abstützte.

»Tannenbaum?«, erwiderte Anni und grinste breit.

Yasmin rollte mit den Augen.

»Du bist blöd! Nun sag schon, als was gehe ich?«

»Irgendwas Orientalisches schätze ich.«

»Du hast überhaupt keine Lust auf diese Faschingsfete, oder?« Verständnislos schüttelte Yasmin den Kopf. »Ich freue mich jedenfalls darauf«, fügte sie strahlend hinzu.

»Klar!« Anni zog eine Grimasse. »Du bist ja auch so ein richtiges Mädchen.«

»Na und? Dann bin ich das eben! Also … ich gehe als Bauchtänzerin. Und du? Nun sag es endlich!«

»Penner!«

»Penner?« Entsetzt riss Yasmin ihre Augen auf.

»Wieso nicht? Eine versiffte Hose und ramponierte Schuhe hab ich. Ein Hemd, das aussieht, als wäre es aus dem letzten Jahrhundert, leih ich mir von meinem Alten. Wasch mir eine Woche nicht die Haare, mal mir Stoppel ins Gesicht. Fertig ist der Lack!«

»Und warum trägst du nicht einmal ein Kostüm, in dem du hübsch aussiehst?«

»Wenn du unter ›hübsch‹ Glitter und Glitzer verstehst …, nein danke! Das bin ich nicht!«

»Du Witzbold! Bin ich etwa eine Bauchtänzerin?«

»Bist aber verdammt nah dran. Schwarze Haare, braune Augen und eine Figur wie 'ne Gazelle.« Sie sah hinunter auf die Wulst, die sich über ihren Gürtel wölbte. »Allerdings könnte ich besser mit dem Bauch wackeln als du.« Lachend ließ sie sich nach hinten plumpsen und starrte an die Decke. »Nee, steck mich mal lieber in einen weiten Mantel.«

»Ein Mantel! Klar, das ist es! Yasmin klatschte begeistert in die Hände. »Du brauchst noch so einen alten, schludrigen Mantel. Und weißt du was? Mein Vater hat einen in den Altkleidersack gesteckt, und der steht noch auf dem Dachboden. Ich muss sowieso da hoch, den Karton durchstöbern, in dem meine Mutter ihre alten Stoffreste aufbewahrt. Vielleicht ist etwas dabei, woraus sie mir ein Kostüm nähen könnte.«

»So einen ›Tausend und eine Nacht-Glitzer-Fummel‹«, murmelte Anni.

»Na klar!« Yasmin nickte entschlossen. »Wozu hat man eine Schneidermeisterin zur Mutter? Und nun hör auf zu lästern und komm mit. Wir schauen uns den Mantel mal genauer an.« Ohne ein weiteres Wort verließ Yasmin das Zimmer. Genervt wälzte sich Anni vom Bett und trottete ihrer Freundin hinterher.

»Ist hier eine Bombe eingeschlagen?«, stieß Anni entsetzt hervor, als sie den Dachboden betraten. »Und ich dachte immer, deine Eltern seien mega ordentlich.«

»Mein Vater hat vorgestern alten Krempel aussortiert, morgen wird Sperrmüll abgeholt«, erklärte Yasmin, während sie mit einem Arm tief im Altkleidersack steckte. »Voilà, hier ist das gute Stück.« Strahlend hielt sie einen beigefarbenen Trenchcoat in die Höhe. »Ziemlich hinüber, zerknittert und bestimmt drei Nummern zu groß für dich. Genau dein Outfit!« Breit grinsend drückte sie ihn Anni in die Hand, anschließend wandte sie sich dem Karton mit den Stoffresten zu, auf dem eine weiße Plastiktüte lag. »Und was haben wir hier Schönes«, murmelte sie und schaute hinein.

»Nur gut, dass du nicht neugierig bist«, stellte Anni ironisch fest. Yasmin ignorierte die Bemerkung und zog eine rechteckige, flache Schachtel aus der Tüte. Sie war türkisfarben und mit einer dunkelblauen Seidenschleife versehen.

»Was da wohl drin ist? Ist ganz leicht!« Sie schüttelte die Schachtel. »Man hört auch nichts.« Verschmitzt lächelte sie Anni an. »Ob ich da mal reinschaue?«

»Boah, Yasmin, können wir jetzt bitte wieder runter? So einladend finde ich Dachböden nicht.« Angeekelt sah sie sich um. »Sehr wahrscheinlich krabbeln hier Millionen behaarte, langbeinige Riesenspinnen herum.«

»Und wer von uns ist jetzt ›das Mädchen‹?« Yasmin lachte kurz auf, dann legte sie die Schachtel in den Karton zu den Stoffen. »Nehme ich mit nach unten, ich will wissen, was da drin ist.« Anni rollte mit den Augen, schmiss sich den Mantel über die Schulter und gemeinsam trugen sie den Karton die Treppe hinunter.«

Zurück im Zimmer schlüpfte Anni sofort in den Trenchcoat. »Genial!« Sie hob den Daumen und nickte sich im Spiegel zu. »So richtig schludrig!«

»Wie edel ist der denn?«, hörte sie Yasmin begeistert ausrufen und drehte sich zu ihr um. Ihre Freundin saß auf der Bettkante und hielt einen langen Seidenschal in die Höhe. Er bestach durch seinen warmen ocker-goldenen Ton und war mit kleinen Sternen aus feinstem Goldgarn bestickt. Wenn das Licht auf sie fiel, glitzerten die Sterne als bestanden sie aus purem Goldstaub.

Anni hob überrascht die Augenbrauen.

»Wow! Sowas liegt bei euch auf dem Dachboden herum?«

»Der gehört auf jeden Fall zu meinem Outfit!«, beschloss Yasmin und legte den Seidenschal sorgfältig in die Schachtel zurück. Dann wandte sie sich den Stoffen zu, die im Karton lagen und wurde schnell fündig. »Nun sieh dir das an! Perfekt!« Ihre Augen strahlten, während sie dunkelroten Chiffon von einem Ballen abrollte. »Traumhaft! Daraus muss mir meine Mutter unbedingt etwas nähen.«

»Wenn man vom Teufel spricht«, sagte Anni und deutet mit einer Kopfbewegung zur Tür. »Ich glaube, das tapfere Schneiderlein ist gerade reingeschneit.«

»Was für ein Timing!« Yasmin hob begeistert den Daumen. »Wir führen ihr jetzt unsere Outfits vor. Du zuerst!«

»Spinnst du?« Anni tippte mit ihrem Zeigefinger gegen ihre Stirn. »Ich soll deiner Mutter sagen, dass ich als Penner gehe und ihr das im Trench deines Vaters vorführen? Machst du Witze? Und vor allen Dingen …« Ein zartes Klopfen an der Tür brachte Anni zum Schweigen.

»Nicht reinkommen, Mama!«, rief Yasmin. »Wir ziehen uns gerade um, wollen dir unsere Faschingskostüme vorführen. Anni kommt zuerst! Sie hat ihr ›Kostüm‹ schon an!«

»Okay! Bin in der Küche«, erwiderte ihre Mutter kurz.

Anni warf Yasmin einen vorwurfsvollen Blick zu.

»Vielen Dank! Und so etwas nennt sich beste Freundin«, brummte sie, zerzauste mit gespreizten Fingern ihre braunen Locken und verließ bockig das Zimmer. Yasmins Mutter stand mit dem Rücken zur Tür und polierte ihre wertvollen Weingläser, als Anni die Küche betrat.

»Hallo, Frau Erdmann. Hier bin ich.« Sandra drehte sich um und riss überrascht ihre Augen weit auf.

»Wow! Ich glaub's ja nicht! Wie kommst du denn auf Inspektor Columbo?«

»Hä? Was für ein Columbo?« Irritiert kräuselte Anni die Stirn.

»Den kennst du nicht? Diesen schrulligen Fernsehkommissar? Läuft immer ziemlich ungepflegt durch die Gegend und ist bekannt für seinen schludrigen, zerknitterten Trenchcoat. Es ist eine amerikanische Krimiserie.«

»Ah ha … nee, kenn ich nicht.« Anni sah kurz an sich herunter. »Dieser Columbo bin ich jedenfalls nicht. Ich bin ein …«, sie überlegte kurz, um sich etwas gewählter auszudrücken, »… ein Obdachloser.« Sandra schmunzelte.

»Mein Mann hätte seinen Mantel sicherlich lieber an einen Inspektor weitergereicht, aber Obdachloser ist natürlich auch okay«, erklärte sie augenzwinkernd.

»So Mama, jetzt komme ich«, hörte sie ihre Tochter rufen, die im selben Moment neben Anni auftauchte. Sandras Bewegungen erstarrten schlagartig, ihr Schmunzeln verschwand, regungslos starrte sie ihre Tochter an, während das Weinglas langsam aus ihren Händen glitt und auf den harten Fliesen zersprang.

Erschrocken sah Yasmin ihre Mutter an. »Was ist mit dir, Mama?«

»Woher hast du den Schal?«, hauchte Sandra benommen. »Woher zum Teufel hast du ihn?« Wie gelähmt blickte sie auf den Schal, den sich Yasmin locker über ihr Haar gelegt hatte. Die langen Enden waren vor der Brust gekreuzt, nach hinten geschlagen und hingen über ihren Schultern.

»Vom Dachboden. Er lag in einer Tüte auf dem Karton, in dem du deine Stoffe aufbewahrst.«

»Gib ihn mir! Sofort!«

»Aber … warum darf ich ihn nicht …«

»Gib – ihn – mir«, wiederholte Sandra eindringlich. Yasmin tat, worum ihre Mutter sie bat. Mit zitternden Händen nahm Sandra ihrer Tochter den Schal ab, presste ihn sanft gegen ihren Brustkorb und schluckte schwer. »Bitte entschuldige, ich wollte dich nicht so anfahren«, seufzte sie und sah Yasmin bedrückt an. »Ich … ich nähe dir einen wunderschönen Schleier, aber diesen … diesen Schal kann ich dir nicht geben.« Sie schüttelte den Kopf. »Unmöglich, es tut mir leid.«

»Aber warum nicht? Ich bin vorsichtig damit und …«

»Nein!«, stieß Sandra hervor, lächelte gequält und verließ die Küche ohne ein weiteres Wort.

»Was geht 'n hier ab?«, flüsterte Anni verblüfft.

»Keine Ahnung, so habe ich sie noch nie erlebt.« Enttäuscht zuckte Yasmin mit den Schultern. »Lass uns ins Zimmer gehen. Werde später Papa fragen, er weiß bestimmt, was los ist.«

»Yasmin hat den Schal gefunden«, teilte Sandra ihrem Mann verzweifelt mit, der im Wohnzimmer saß und Zeitung las. Erschrocken blickte Lars auf.

»Das kann nicht! Ich habe alles wieder weggeräumt.« Nachdenklich sah er eine Weile ins Leere, bis er plötzlich die Zeitung verärgert auf den Tisch warf. »Verdammt, die Tüte! Die Tüte mit der Schachtel! Ich habe sie auf deinem Karton liegenlassen.« Schuldbewusst sah er seine Frau an. »Was hast du ihr erzählt?«

»Nichts«, seufzte Sandra. »Aber natürlich war ich völlig entsetzt, habe vor Schreck sogar ein Glas fallenlassen und ihr regelrecht befohlen, mir den Schal zu geben. Du kennst unsere Tochter, sie wird nicht lockerlassen und wissen wollen, warum ich so reagiert habe.«

»Dann lassen wir uns eben eine Geschichte einfallen.« Lars setzte sich zu seiner Frau und nahm ihre Hand. »Wir kriegen das schon irgendwie hin.«

»Und wenn ich das nicht mehr möchte? Es irgendwie hinkriegen? Egal, was wir uns einfallen ließen, es wäre eine Lüge.« Sandra sah ihren Mann wehmütig an. »Ich möchte ihr sagen, welche Bedeutung dieser Schal für mich hat. Bist du damit einverstanden?«

»Es ihr sagen?« Lars schluckte schwer. »Ich weiß nicht. Yasmin ist sechzehn! Es ist ohnehin ein schwieriges Alter, vielleicht sollten wir noch warten bis ....«

»Nein, bitte, keine Ausreden mehr! Wir werden immer einen Grund finden, es hinaus zu schieben.«

Unsicher fuhr sich Lars mit der Hand über den Nacken, stand auf und ging ans Fenster.

»Na gut. Vielleicht hast du recht«, seufzte er einen Moment später. Sandra stand auf, verließ das Wohnzimmer und kam nach wenigen Minuten mit einem schmalen, dunkelroten Briefumschlag zurück. Lars schluckte und sein Magen zog sich schmerzhaft zusammen, als er den Umschlag sah. »Zum Glück lag der Brief nicht in der Schachtel«, sagte er tröstend, »so können wir wenigstens vorher mit ihr reden. Und du bist dir sicher? Du willst das wirklich?«

Sandra lächelte bitter. »Wollen werde ich es niemals. Immer habe ich auf den Moment gewartet, diesen einen Moment, in dem es vielleicht nicht so weh tat, mir keine Angst einjagte.« Sie schüttelte den Kopf. »Doch den gibt es nicht, und es wird ihn nie geben. Bitte lasse es mich jetzt tun, solange ich den Mut dazu habe.« Lars sah seine Frau traurig an und nickte. »Ich hole sie.«

Als er mit Yasmin zurückkam, setzte sie sich sofort zu ihrer Mutter und streichelte liebevoll ihre Hand.

»Mama, du musst mir nichts erklären. Es tut mir leid, ich hätte dich fragen müssen, bevor ich ...«

»Yasmin, bitte«, fiel Sandra ihrer Tochter ins Wort, »bitte, höre mir jetzt einfach nur zu. Lasse mich reden, solange ich den Mut dazu habe«, flehte sie und in ihren Augen standen Tränen. »Es fällt mir sehr schwer, aber ich möchte dir erklären, warum mir dieser Schal so viel bedeutet. Es ist, weil ...«, Sandra schluckte und ihre Hände zitterten leicht, » ...weil du darin eingewickelt warst, als sie dich mir zum ersten Mal in meine Arme legten.«

Yasmin kräuselte die Stirn.

»In welch noblen Krankenhaus bin ich denn geboren?«, scherzte sie. »Nachdem man geflutscht ist, wird man doch eigentlich erstmal in ein langweiliges Kliniktuch gewickelt, oder nicht?«

»Du wurdest mir nicht in einem Krankenhaus in die Arme gelegt.« Sandra schluckte erneut. »Ich ... also wir ...«, sie warf ihrem Mann einen kurzen, hilfesuchenden Blick zu.

»Wir sind nicht deine leiblichen Eltern«, führte Lars den Satz zu Ende. »Wir ... wir haben dich adoptiert.«

Regungslos starrte Yasmin ihren Vater an, während eine erdrückende Stille den Raum einnahm. Lars rückte näher an seine Tochter heran und streichelte über ihren Rücken. »Wir liebten dich von der ersten Sekunde an, als wärst du unser leibliches Kind, und wir werden dich immer lieben!« Yasmin sah ihren Vater an, als verstehe sie nicht, was er sagte. »Adoptiert?«, hauchte sie wie hypnotisiert.

»Wir wollten es dir sagen, Yasmin, schon vor Jahren wollten wir es dir sagen«, ergriff Sandra das Wort. »Aber wir hatten so entsetzliche Angst, dass du uns ablehnen könntest, wenn du davon erfährst. Kannst du das verstehen?«

»Adoptiert«, wiederholte Yasmin fassungslos und legte eine Hand auf ihren Mund, als befürchtete sie zu schreien.

»Wir haben unbeschreibliche Angst davor, dich zu verlieren«, erklärte Sandra und sah ihre Tochter eindringlich an. Verzweifelt hoffte sie, dass ihr Yasmin versicherte, die Angst sei unbegründet. Dass die bittere Wahrheit nichts an ihren Gefühlen füreinander änderte.

»Was ist mit meinen Eltern?«, fragte Yasmin stattdessen monoton. »Sind sie tot? Oder wollten sie mich nicht?«

Sandra zuckte mit den Schultern. »Über deinen Vater kann ich dir leider nichts sagen, doch ich kann dir versichern, deine Mutter hat dich sehr geliebt.«

»Woher willst du das wissen?«, fragte Yasmin misstrauisch. »Kennst du sie?«

»Nein, ich kenne sie nicht. Du warst vier Tage alt, als man dich in einer Babyklappe gefunden hat, und …«

»Sie hat mich in so einer Klappe abgelegt?«, stieß Yasmin entsetzt hervor.

»In ihrer Not war es das Vernünftigste, was sie tun konnte. Nur so war sichergestellt, dass du sofort gefunden und versorgt wurdest.« Sandra legte ihrer Tochter den Seidenschal auf den Schoß. »Eine Mitarbeiterin der Organisation ›Findelkind‹ erzählte uns damals, dass du in diesen Schal gewickelt warst, als sie dich fanden.« Dann reichte Sandra ihrer Tochter den Umschlag. »Diesen Brief hattest du bei dir«, erklärte sie und atmete schwer durch. »Er ist von ihr«, fügte sie leise hinzu. Yasmin zögerte eine Weile, bevor sie den Umschlag öffnete und zu lesen begann.

Meine Kleine!

Am 13. Oktober 2000, um kurz nach Mitternacht, habe ich dich zur Welt gebracht. Du bist noch so winzig und hilflos, doch wenn du diese Zeilen liest, wirst du vielleicht schon erwachsen sein, stark und unabhängig. Das wünsche ich mir!

Ich weiß nicht, zu welchen Entscheidungen mich mein Leben noch zwingen wird, doch schon jetzt bin ich mir sicher, dich fortzugeben, bleibt die schwerste Entscheidung meines Lebens. Aber ich möchte, dass es dir gut geht, und so habe ich keine andere Wahl. Bitte, verzeih mir!

Ich wünsche mir, dass sie dich ›Yasmin‹ nennen. Es ist ein persischer Name und bedeutet ›Sinnbild der Liebe‹! Für mich ist es sehr wichtig, zu wissen, wie du heißt – so kann ich meinen Träumen einen Namen geben.

Meine Mutter stammte aus Persien. Den Schal, in den ich dich gewickelt habe, hatte sie mir zum Andenken geschenkt, kurz bevor sie starb. Neben einen der kleinen Sterne hat sie ein persisches Sprichwort gestickt, das mir Trost spenden und Mut machen sollte, wenn dunkle Stunden mein Leben überschatten.

Nun möchte ich, dass dieses Sprichwort dich auf deinem Lebensweg begleitet, dass es dir in dunklen Stunden die Kraft geben wird, trotz allem die Schönheit des Lebens zu erkennen. In Liebe, deine Mama

»Persien«, flüsterte Yasmin. »Dann sah sie Sandra wehmütig an. »Und ich dachte, mein schwarzes Haar und meine dunklen Augen hätte ich von dir«, seufzte sie mit einem bitteren Lächeln. Sandra schluckte und wischte sich mit dem Handrücken die Tränen von ihren Wangen. Kein Wort brachte sie heraus, die Angst, sie könnte Yasmin verlieren, die Vorstellung, ihre Tochter wollte nichts mehr von ihr wissen, schnürte ihr die Kehle zu. Yasmin legte den Brief beiseite und breitete den Schal auf ihrem Schoß aus. Langsam wanderte ihr Blick über die feine Seide, bis sie auf die Stickerei ihrer Großmutter stieß. Persische Schriftzeichen, sorgfältig mit edlem Goldgarn gestickt. »Schade, dass ich nicht weiß, was sie bedeuten.«

»*Hat der Abend auch keine Sonne, so hat er doch Sterne!*«, sagte Lars mitfühlend. »Wir haben es damals übersetzten lassen.«

Yasmin nickte leicht und lächelte dankbar, während sie zärtlich mit dem Finger über die Schriftzeichen strich.

»Darf ich in mein Zimmer?«, fragte sie und ihre Stimme klang zart und zerbrechlich.« Lars nickte verständnisvoll, doch Sandra starrte ihre Tochter wie versteinert an. Verzweifelt wartete sie und hoffte darauf, dass Yasmin ihr einen Blick schenkte, ihr durch eine Geste versicherte, alles sei gut. Doch sie tat es nicht. Sie nahm den Schal und den Brief, stand auf und ging. In der Tür jedoch, blieb Yasmin plötzlich stehen und drehte sich noch einmal um. »Mama, Papa, ich hab euch sehr lieb«, sagte sie leise.

Erleichtert schloss Sandra ihre Augen. Wie von einer Last befreit, atmete sie durch. Wie oft hatte Yasmin diesen Satz schon gesagt, und doch klang er dieses Mal anders, klang bedeutungsvoller als je zuvor – in dieser dunklen Stunde stand er für die Schönheit des Lebens, zusammengefasst in sieben Worten.

Danksagung

Ich danke meiner Familie und meinen Freunden dafür, dass sie mich ermutigt haben, meine Geschichten zu veröffentlichen.

Und ich danke Ihnen, meinen Leserinnen und Lesern, dass Sie sich Momente Ihrer kostbaren Lebenszeit genommen haben, um meine Geschichten zu lesen – jede einzelne wurde mit Herz und Seele geschrieben.